演出魔法、《獣化》。
その効果を一言で言うなら……
魔法による、猫のコスプレである。
「にゃーにゃー」

「ふわぁ〜……!!
皆様、とてもお綺麗です……!!」
きらきらと、これ以上ないくらい
見開かれた目を輝かせるのは、
セナートブティックオーナーの娘、マニラ。

グランベル領で活動しているデザイナーなんだけど、
今回のリフィネの誕生祭のために
わざわざ王都まで来てくれたんだ。
そんな彼女が熱い視線を送るのは、
彼女が手ずからデザインしてくれた
お揃そろいのドレスに身を包む、俺とリフィネ、モニカの三人だ。

「私はユミエ・グランベル。
護国の剣、カルロット・グランベルの娘です。」
「王子の名を騙り、
グランベル家の屋敷を襲撃し……
あまつさえ、王女殿下を傷付けた罪で、
あなたを拘束します。
グランベルの名に懸けて!!」

転生した俺が可愛いすぎるので、愛されキャラを目指してがんばります

2

ジャジャ丸
画 にわ田

tensei shita ore ga
kawaisugiru node
aisarechara wo
mezashite ganbarimasu

Contents

tensei shita ore ga
kawaisugiru node
aisarechara wo
mezashite ganbarimasu

プロローグ

Prologue.

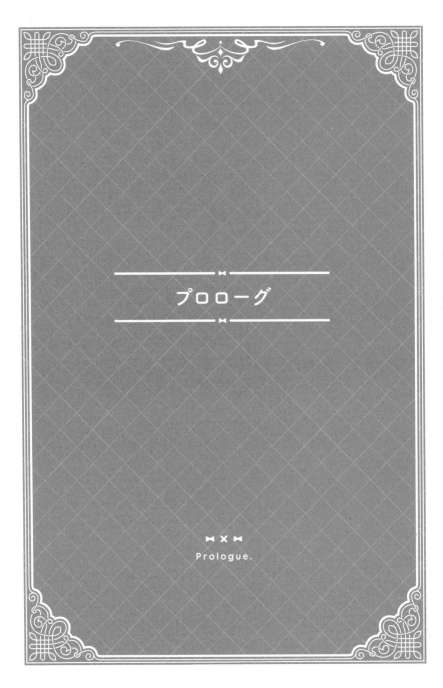

ナイトハルト侯爵家は、〝王族派〟の筆頭貴族として知られている。

元より外交官として、王家に近しい立場であり続けてきた歴代当主の功績はもちろん大きい。しかし、こうして派閥の長《おさ》と呼べる程にまで成長したのは、十年前新たに立った若き当主の存在が大きかった。

アルウェ・ナイトハルト。彼の存在無くしては、王族派という派閥自体が成り立たなかっただろう。

現王が病に倒れ、王家の求心力が低下している今、王族派の存在はオルトリア王国を王国として存続させる最後の命綱だ。その重要性は王子であるシグート・ディア・オルトリアも十分に理解しており、故にこそアルウェには、本来ならありえないほど大きな権限が与えられていた。

それは、外交における決定権。特に、仮想敵国として長年いがみ合ってきたベゼルウス帝国との折衝に関しては、事後報告のみでほとんどの物事を推し進められる権限だ。

「殿下、こちらが報告書になります」

「そうか……」

そんなアルウェからの報告書を受け取ったシグートは、書類にサッと目を通す。

強すぎる権限を与えられているアルウェだが、彼の仕事ぶりは確かだ。

アルウェの若かりし頃にも劣らないと称されるシグートから見ても、特に問題はないように見える。

しかし、気になるところが全くないかと言えば、そうでもなかった。

「アルウェ。近頃、帝国への対応が甘すぎるのではないか？　これほど関税を下げては、国内産業が衰退してしまうぞ」

「帝国の優れた技術は、王国の発展に大きく寄与します。一時的に不利益を被る人間は現れるでしょうが、さほど問題ではありません。いずれ慣れ、新たな産業となって産声を上げるでしょう」

「……その〝慣れる〟までに犠牲になる民のことを問うているのだが」

「殿下。為政者とは常に〝国〟のことを考えねばならない立場です。民一人一人の不利益を一々考えていては、国策は何も進展しません。国策の遅れは、より多くの民を困窮させる結果に繋《つな》がるでしょう。王たる者には、時に切り捨てる決断が必要なのです」

「それは……分かっているさ」

はあ、と溜《た》め息《いき》を溢《こぼ》し、シグートは首を振る。

「分かった、その通りに進めろ。だが、貴族派の反発は益々《ますます》強くなるだろう、対策は……」

「もちろん、既に考えております。全てお任せください」

「……分かった」

同じ言葉を繰り返すばかりになっている自分にうんざりしながらも、シグートはそう答える他ない。

言いたいことは山ほどあるが、その言葉が届くことはないと……届かせる力がないと、知っているのだから。

「それでは、本日の報告は以上になります」

「そうか、ご苦労だった」

傍《はた》から見れば穏当な、当人達からすればピリピリとした会話が終わり、その場はお開きとなる。

踵《きびす》を返し部屋を後にしようとするアルウェだったが、最後に一度だけ、ふと思い出したように呟《つぶや》いた。

「ああ、殿下。そういえば、良からぬ噂《うわさ》を耳にしたのですが」

「噂？」

「ええ。貴族派が、リフィネ王女殿下にすり寄ろうとしている、と」

王家が中心となり、帝国との繋がりを深めてより強大な国へと成長しようとする王族派。それに対して反発しているのが、内需を高め、各貴族の地力を以《もっ》て国力を引き上げるべきだとする貴族派である。

オルトリア王国を二分する一大派閥ではあったのだが、つい先日発生したベルモント公爵家主催のお茶会で発生した不祥事により、派閥内で不和が広がり、派閥としての勢力を低下させている。

それを何とかするために、貴族派が新たに求めた錦の御旗《みはた》こそが、王族派の象徴となっているシグートと不仲にある第二王女、リフィネだという。

「それがどうした？」

シグートからすれば、貴族派だからといって敵だなどとは思っていない。共に王国の未来を憂う同志であり、考え方が違うだけで、協力し合える場面もあるはずだと。

しかし、アルウェは違う。彼は貴族派を、自らの私欲がために王国を乱す不穏分子だと捉えている。

「いえ、特にどうということは。ただ、念の為《ため》お耳に入れておこうかと」

「……そうか」

そんな彼が、貴族派と王女の間に繋がりが出来ることを黙って見ているはずがない。

わざわざそれをシグートに告げたのは、試しているからだろう。

シグートに、彼が望む王の資質があるかどうかを。

「では、失礼します」

今度こそ去っていくアルウェを見送りながら、シグートは思い悩む。

国の未来。アルウェの怪しげな行動。貴族達の思惑。全てを踏まえた上で、自分が取るべき行動を。

「……彼女に、頼ってみるか」

考えた末、シグートの脳裏に一人の少女が思い浮かぶ。

崩壊寸前だったグランベル伯爵家を立て直し、先日の事件では他派閥の令嬢達を命懸けで守り抜いた、誰よりも笑顔が似合うあの少女を。

「あの子なら……僕よりも、ずっと上手《うま》くやってくれるかもしれない。リフィネが政治に振り回されて、不幸になってしまわないように」

それまでの〝王子〟としての顔を引っ込め、シグートが見せるのは素の表情。

表向き、仲が悪いことになっているはずの妹を想《おも》う、兄としての顔だった。

「リフィネのこと、頼んだよ……ユミエ」

第一章

暴虐のお姫様

Episode.
01

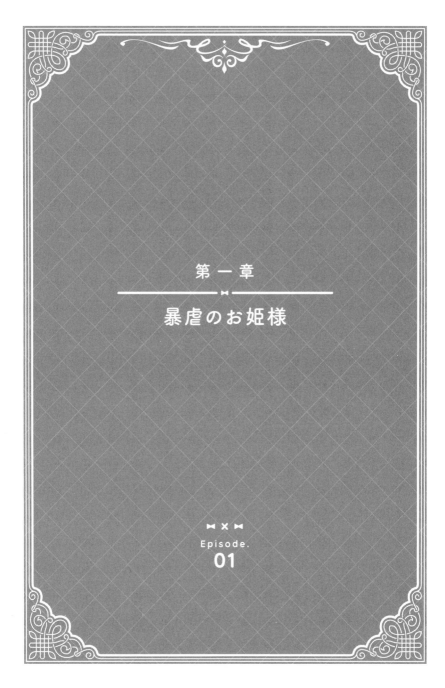

魔物による襲撃事件からしばらく経《た》ち、季節は夏になっていた。

身に纏《まと》うドレスは生地が薄く風通しの良いものが選ばれ、長い髪も訓練時以外でさえ後ろで括《くく》ったままにしていることが多くなってきた。

何なら、服装も訓練用の服の方が涼しいからって、一日中それでいようとして……当たり前のようにメイドのリサに咎《とが》められたりもしてる。

そんな俺は今、グランベル伯爵家の庭の端で、迷い込んだ野良猫とにらめっこをしていた。

「うーん」

じっと見つめる俺に対して、猫は興味なさそうに欠伸《あくび》などしてみせる。

そんな猫に、俺はこれ以上ないくらい真剣な顔で手を伸ばし……同時に、一つの魔法を発動した。

演出魔法、《獣化《ビーストアウト》》。その効果を一言で言うなら……魔法による、猫のコスプレである。

「にゃーにゃー」

手足には肉球、お尻からは尻尾が伸び、頭には髪と同色の猫耳がピンと立つ。

コスプレとしての完成度はともかく、猫かと言われれば全くそんなことはない、猫をモチーフにしたキグルミパジャマと言われた方がしっくりくるような変装だ。

案の定、そんなのが仲間として認められるはずはなく、野良猫は俺の伸ばした手を猫パンチで弾《はじ》き飛ばし、塀を飛び越えてどこかへ行ってしまった。

「ぬわぁ〜……また失敗かぁ」

がっくりと肩を落としながら、それはそうだよなと自分で納得もする。コスプレしたくらいで猫と仲良くなれたら苦労はない。

でも、完全に猫そのものの幻影を纏おうとするとサイズが違い過ぎて上手《うま》くいかないし、サイズを人間の大きさに揃《そろ》えた猫なんてそれこそ化け物だ、むしろ余計に怯《おび》えられてしまう。

獣人コスプレもダメとなると、他にどうすれば……と考えていると、そんな俺に声をかける存在が現れた。

「ユミエ〜、何してるんだ？」

「あ、お兄様！」

声が聞こえるや否や、俺はパッと表情を明るくして立ち上がり、声のする方へ駆けていく。

俺のお兄様、ニール・グランベル。金色の髪が特徴的な十四歳の少年で……突如お茶会の場を襲撃してきた魔物に殺されかけていた俺を救ってくれた、俺のヒーローだ。

本当に、あの時のお兄様はカッコよくてカッコよくて、あれからしばらくは口を開けば誰相手でもお兄様の自慢話ばっかりしてた気がするよ。

そんなお兄様に向かって全速力で抱き着くと、お兄様は全く揺らぐことなくその胸で受け止めてくれた。

「おっとと、こんなところで何してたんだ？　ユミエ」

「えへへ、ちょっと魔法の練習です！」

お兄様のエメラルドの瞳を覗《のぞ》き込《こ》んで、にぱっと笑う。

そんな俺の銀色の髪を撫《な》でながら、お兄様は首を傾《かし》げた。

「それは良いことだけどさ、なんで獣人に化ける魔法なんだ？」

「それはもちろん、動物になりきって仲良くなるためです！　……というのは半分嘘《うそ》で、動物でも分からないくらい完璧な変装が出来るようになれば、前みたいなことがあっても自力で切り抜けられるかなぁと」

魔物に襲撃された時、俺は運よくお兄様に助けて貰《もら》えたけど……毎回毎回、あんな都合よくお兄様が来てくれるとは限らない。

もちろん、戦って勝てるようになるならそれが一番だけど、あの時目にしたお兄様の強さに追いつくのは、一年や二年じゃ到底足りる気がしないんだよね。何せ、俺はお兄様と違って魔法の才能がないから。

もしお兄様が来れない状況で、あんなことになって……自分だけならまだしも、大切な人を守り切れないなんてことになったら死んでも死にきれない。

それを避けるための魔法だと説明したら、お兄様は苦笑を漏らす。

「目標を持って頑張るのはいいけど、あんまり無理するなよ。ユミエはまだ、十一歳の女の子なんだからな」

「気持ちはお兄様と同じ男の子です！」

「はいはい、そういうことにしておいてやるよ」

俺をポンポンと撫でながら、困った妹を見るようにお兄様は言う。

お兄様は完全に冗談だと受け取ったみたいだけど、実のところ完全な嘘ってわけでもないんだよな。

何せ……俺はかつて、ここことは別の異世界で〝男〟として生きた経験を持つ、正真正銘男の子の心を持った転生者なんだから。

もっとも、前世の記憶は今やほとんど思い出せないし、〝ユミエ〟としての生活に慣れ過ぎて、自分が本当に男だったのか自信が持てなくなってきたけど……。

いや、俺は男だ、少なくとも自意識は男なんだ、家族を守れる立派な人間になるんだ‼

「ちょっとそこのお二人、客人を差し置いて何をいちゃいちゃしているんですの？」

そうやって自己暗示をかけていたら、新たな登場人物がその場に現れた。

綺麗《きれい》に手入れされた真紅の髪と勝気そうな緑の瞳のご令嬢、モニカ・ベルモントだ。

そんなモニカに、お兄様もまた不服そうに言い返す。

「別に兄妹《きょうだい》なんだからいいだろ。というか、〝客人を差し置いて〟も何も、お前って一応はうちの使用人見習いって扱いで置いてるんじゃなかったっけ？」

「うっ」

お兄様の指摘に、モニカはそっと目を逸《そ》らす。

そう、モニカは今、グランベル家のメイド見習いっていう扱いでこの屋敷にいる。

なんでも、例の魔物騒動が他家の陰謀だったってこともあって、ベルモント家では自分達が雇った使用人や騎士などに対し、徹底した身辺調査を行い、怪しい人間を順次解雇していってる真っ最中らしい。

そんな理由で、常にピリピリとした空気で厳戒態勢になっている屋敷に愛娘《まなむすめ》を置いておけないということで、ベルモント家の当主が一時避難先として選んだのが俺達グランベル家なんだが……結婚前の令嬢が身を寄せるからには、最低限の理由付けがいる。

そこで、お父様やベルモント家の当主が考え出した滞在理由が、「先の事件に対する反省と、正しく真っ当な使用人を見分ける目を養うため、信用出来る他家にメイドとして身を寄せて経験を積む」というものだったらしい。

あくまで名目は名目だから、実際には本当に客人扱いとしてもてなすっていう案もあったんだけど……それを拒否したのは、他ならぬモニカ本人だった。

自分のせいで大勢の人を死なせるところだったのだから、たとえでっち上げの理由だろうとメイドの仕事くらいこなさなくては贖罪《しょくざい》にならない、と。

有言実行とばかりにメイド服に身を包んでいるモニカは、自分の発言を思い出してばつが悪そうに口を尖《とが》らせる。

「それはもちろん、その通りなのですが……たとえ兄妹であろうと、ユミエさんが他の男性と抱き合っているのは納得いきませんわ。ユミエさんを抱き締めるのは、この私の役割ですので！」

「何でそうなるんだよ⁉」

ぎゃあぎゃあと、口喧嘩《くちげんか》を始める二人。

お兄様もモニカも、もっと仲良くすればいいのに、なぜか顔を合わせる度にずっとこんな調子なんだよな。

最初は止めようかとも思ったんだけど……もう一ヶ月も毎日飽きずにこんな光景を見せられていると、これはこれで仲が良いんじゃないかと思えてくる。

「二人とも、とっても仲良しですね」

「『それはない（ですわ）』」

直接それを指摘すると、こんな風に否定されちゃうんだけど。そう思ってるのは本人達だけだ。

にこにこと笑いながらそんな二人を見守っていると、俺の笑顔で毒気が抜かれたのか、二人は肩の力を抜いて苦笑する。

「ユミエを見てると、何だかこんなことで言い争ってるのが馬鹿らしくなってくるな」

「私もですわ。……っと、そうでした、うっかり忘れるところでしたが、ユミエさんに昼食をご用意したんですの、一緒に食べませんこと？」

そう提案するモニカの手には、大きなバスケットが握られていた。

蓋を開けると中に入っていたのは、色とりどりの具がぎっしり詰まったサンドイッチだった。

「もしかして、これをモニカ様が作ったんですか？」

「はい。リサさんに教わったんですの」

驚きの情報に、俺だけでなくお兄様も目を丸くする。

メイド見習いとしてグランベル家に来た、と言っても、モニカはこれまでメイドの仕事なんて一度もやったことがない、公爵家のお嬢様だ。ずっと失敗ばかりで、メイドとして働く時間も一日のうちほんの僅かだった。

それが、ついに料理まで出来るようになったというなら、成長を感じられてとても微笑《ほほえ》ましい。

「よろしければ、是非最初の一食はユミエさんに食べて貰いたいですわ」

「いいんですか？　でしたら、喜んで食べさせていただきますね、モニカ様」

「ふふふ、ありがとうございます。ただ……いつも言っていますが、モニカ〝様〟なんて他人行儀な呼び方はやめてくださいまし。ここは社交場でもないのですから、気軽にモニカと呼んでくださいな」

「あはは、すみません、癖になっているみたいで」

社交界に向けた必死の勉強もあって、目上の立場であるモニカには自然と様付けで呼ぶ習慣になっていた。

最近はちゃんとモニカ〝さん〟って呼ぶようにしてたんだけど、うっかり前の呼び方が飛び出しちゃったらしい。

「では、リリエ様の許可も頂けましたので、あの素敵な温室で一緒に食べましょう。二人きりで……ふふふ」

「おーい、俺の分は？」

「あるわけないでしょう、ユミエさん一人分ですわ」

「公爵令嬢なのにケチだな」

「そういうあなたは伯爵令息なのに失礼過ぎませんこと？」

再び火花を散らし始める二人に、思わず苦笑する。

仕方ないので、俺は二人纏めて手を摑《つか》み、勢いよく走りだした。

「ほら、せっかくモニカさんが作ってくれたお昼ご飯なんですから、早く食べに行きましょう。みんなで仲良く食べた方が美味《おい》しいですよ」

「っとと……そうだな、そうするか」

「そうですわね。もし足りないようでしたら、リサさんに追加で作って頂きますわ」

三人で仲良く笑いながら、俺達はちょっとしたピクニック気分で温室へ向かう。

流石《さすが》に食事時まで喧嘩するつもりはないのか、お兄様もモニカものんびりと食事を楽しみ始めた。

「ほらユミエ、あーん」

「あ、あーん……」

代わりにというか、いつも通りというか、お兄様は俺を膝の上に乗せてサンドイッチを手ずから食べさせようとしてくるけど。

我が家でこの流れに逆らっても無駄だということは既に把握済みなので、俺は素直にそれをぱくりと食べる。

そんな俺達を、モニカは少し呆《あき》れ気味に見つめていた。

「しかし……本当にあなた達は仲の良い兄妹ですわね。普通、貴族なんて家族と距離を取るものですのに」

「そうなんですか?」

流石に俺だって、ここまでの溺愛っぷりが珍しいことくらいは自覚があるけど、仲が良いことそのものが珍しいというのは意外だ。

そんな俺に、モニカは「誤解しないでくださいな」と語りだす。

「私はちゃんと両親に愛されておりますし、肉親の情がない者の方が少ないでしょう。ただ、それを表に出す貴族は珍しいですわ」

「なんでだよ、そういうのはな、ちゃんと言わなきゃ伝わらないぞ」

ちゃんと気持ちを伝え合わなかったがために家庭崩壊寸前にまで至ったお兄様の言葉は、さっきまで俺にデレデレになっていたのと同一人物とは思えないくらい重みがある。

けど、モニカはそんなことは百も承知だとばかりに首を横に振った。

「伝わるのは、何も大切な人達ばかりとは限りませんの。自分にとって大切なものは、そのまま自分の弱点として敵対する〝誰か〟に狙われ、危険に晒《さら》すことになるかもしれませんから」

誰だって肉親は可愛《かわい》いものだ。けれど、それはあくまで常識としてそうであるというだけで、実際にどれほど想《おも》っているかは外から見ただけじゃ分からない。

分からない方が、貴族にとっては都合が良い。モニカはそう言いたいみたいだ。

「まあ、些細《ささい》な情報と言ってしまえばその通りですから、グランベル家が間違っているとは思いませんけれどね。ただ、そうでないからと言って、必ずしも愛情がないとは限らないということですわ。……シグート殿下だって……」

「王子殿下がどうかしたんですか？」

そういえば、シグート王子にも姉と妹がいたんだっけ、と俺は思い出す。

けれど、モニカは失言だと思ったのか、少しハッとした後、誤魔化《ごまか》すように目を逸らした。

「今のは忘れてくださいまし。他人がとやかく言う話じゃありませんし……私より、そちらのニール様の方が詳しいでしょうから」

「お兄様が？」

この王国の王子様であるシグート殿下と、うちのお兄様は大の親友同士だ。

その意味では、俺の知らない王子の情報を色々知っていたりするんだろうけど……何か心当たりがあるのか、お兄様は苦虫を噛《か》み潰《つぶ》したような顔になる。

「確かに、あいつの事情は色々と複雑だからなぁ……」

どうやらモニカの言う通り、お兄様はシグート王子の事情をちゃんと把握しているらしい。

俺一人だけ話題に乗れなくて、二人の顔を交互に見ながら困惑していると……温室の中へ、メイドのリサが入って来た。

「お嬢様、お食事中申し訳ありません。実は、王宮から至急のお手紙が届いておりまして……」

「王宮から？　私宛にですか？」

王宮の知り合いなんて、たった今話題に上っていたシグート王子しかいない。

彼から至急の用事なんて、一体なんだろうかと思いながら、手紙を開けてみて……その内容と差出人の名前に、首を傾げた。

「ユミエ・グランベル様へ。あなたを私の離宮へ招待致します。美味しいお茶とお菓子を用意して待っているので、是非ともこちらへいらしてください。リフィネ・ディア・オルトリア

「……え？」

リフィネ？　シグートじゃなくて？

俺の呟《つぶや》いた名前を聞いて、お兄様とモニカも目を瞬《しばたた》かせている。

「リフィネといえば、離宮で暮らしている第二王女様ですわね。彼女が、ユミエさんを招待……？」

「どこでユミエのことを知ったんだ？　いや、知ってたとしても、なんで招待なんて……？」

俺はリフィネって王女様がどんな人なのか全く知らないんだけど、二人によればこんな風にお茶会を開くような人物じゃないらしい。

うーん、何だかよく分からないけど……。

「これが正式に王家から来た手紙というなら、どちらにせよ拒否することは出来ませんし……私、会いに行ってみます。リフィネ王女に」

シグートの妹かあ、どんな子なんだろう。

そんな風に思いながら、少しワクワクする気持ちと共にそう言うと……モニカが、少しだけ顔を引《ひ》き攣《つ》らせながら、言葉を選ぶように恐る恐る口を開いた。

「ユミエさん。……くれぐれも気を付けて……出来るだけ、動きやすい服装で行くことをお勧めしますわ……」

「はあ……動きやすい服ですか」

どういうことだろう？　と首を傾げるも、モニカはそれ以上言うつもりはないのか、黙り込んでしまう。

こうして、何だか色んな疑問を残しながらも、俺はリフィネ王女の待つ離宮へ向かうことになるのだった。


あくまで呼ばれたのは一人ということもあって、俺は単身で王都へ向かった。

単身と言っても、まさか貴族令嬢が一人旅なんてするわけにはいかないから、メイドのリサと騎士のバストンさんが同行してるけどね。

ちなみに、お兄様は最初、当然のようについてこようとしていたんだが……モニカに止められていた。〝シグート殿下相手ならともかく、年端もいかない王女の宮に呼ばれてもいない令息が踏み込むのはダメでしょう〟という、至極真っ当な理由で。

だったらメイドに変装してでもと駄々を捏《こ》ねたお兄様だけど、最終的には騒ぎを聞きつけたお母様の一喝で静かにさせられていた。

うん、お母様、相変わらず怒ると怖い。

「それで……お嬢様、本当に大丈夫ですか？」

「……何が？」

そんなこんなで、現在は王宮や離宮が入っている王都最大の建造物、王城へと向かう真っ最中。そこで俺は、リサに問い掛けられていた。

その眼差《まなざ》しを見れば、本気で心配されていることがよく分かる。

分かるからこそ、俺はその事実を認められなかった。

「やはり、ニール坊っちゃんにもついてきて貰った方が良かったのでは？　……そんなに寂しがるくらいでしたら」

「寂しがってなんてないから！」

全力で否定するのだが、全く信じて貰えてないのは見れば分かる。

いや、俺だって頭では分かってるんだ。分かってるからこそ信じられないというか。

確かにお兄様は、絶体絶命の俺を颯爽と助け出して、俺じゃあ手も足も出なかった化け物を圧倒的な力でぶっ倒してみせたヒーローだ。ここ一ヶ月は、モニカだけでなくお父様やお母様でさえ呆れるくらい、俺の方からベタベタと甘えていた自覚はある。

でも、だからってこんな……ちょっと王女様に会うために屋敷を離れただけでこんな心細くなるなんて……これを認めたら俺、まるでどうしようもないほど重度のブラコンみたいじゃないか‼

「いえ、誰がどう見てもどうしようもないほど重度のブラコンですが」

「そんなぁぁぁ!!」

心の声が漏れていたのか、俺の最後の抵抗をバッサリと切り捨てるリサの言葉に、がっくりと項垂《うなだ》れる。

そんな俺達の会話に、外で御者をしてくれているバストンさんが笑い始めた。

「ははは！　いいじゃないですか、お嬢様はまだ子供なんですから、兄に甘えたくなっても無理はありません。それが普通ですよ」

「うぅぅ……そうかもしれないけど……」

確かに、体の年齢だけ見ればそうだろう。

でも俺は、前世で……何年だろう？　思い出せないけど、少なくとも今の俺より長い年月を生きたはずなのだ。二つの人生を合わせれば、二十代にはなるはずである。

そんな俺が、少し離れ離れになった程度で落ち込むというのは流石にちょっと……。

「そんなに気になるのでしたら、先のことを考えて気を紛《まぎ》らわせては如何《いかが》ですか？　これから会う王女様のこととか」

「あ、そうだ！　お兄様にもモニカにも、結局はぐらかされたっきりなんだよね。リフィネ王女って、どんな子なの？」

確かに他のことを考えていた方がいいかもしれないと、俺はリサの提案に便乗して尋ねてみる。

けれど、その答えはあまり芳しいものではなかった。

「私も、王女様についてはあまり存じ上げておりません。ただ……噂《うわさ》によると、結構な問題児なのだとか」

「そうなの？」

「ああ、それなら自分も聞いたことがありますよ。誰の言う事も聞かないじゃじゃ馬姫で、だから離宮に隔離されているのだとか」

そのせいで、一部の人間以外詳しいことを何も知らないのだと、バストンさんが補足する。

ふーむ、問題児のじゃじゃ馬姫ねえ。

「でもまあ、こうやってお茶会を開いて誰かに会いたいって思うくらいに社交性があるなら、大丈夫でしょ」

「……だといいのですが」

楽観的な俺と、心配性なリサ。

対照的な反応になる俺達を乗せた馬車は、やがて離宮へと辿《たど》り着いたんだけど……俺はそこを見て、はてと首を傾げた。

「……ここで本当に合ってるんですか？」

「お城の門番に案内されたわけですから、間違ってはいないと思いますが……」

王女様が暮らす離宮として案内されたそこにあったのは、離宮というよりも大きな闘技場や訓練所と言った方がしっくりくる場所だった。

〝王城〟の中にある、王族が暮らすための施設が〝王宮〟で、その離れとして〝離宮〟が存在するはずなのに、王宮とは壁を隔てて完全に別の施設として建てられ、門番まで用意されてるから、余計にそう感じる。

辛うじて人が暮らすための部屋もあるみたいだけど、どう見ても王女様が住むための空間というより、この訓練所を管理する使用人のためのものって感じだ。

一応、空をドームで覆い、光の魔法で中を照らすことで外の天気や時間帯に関係なく使えるようになってるのは、お金がかかってるなって感じだけど……お金をかける方向がおかしい。

「やあ、ユミエ。来てくれたんだ」

「あ、シグート王子！　お久しぶりです」

そんなドームの中で待っていたのは、王女様ではなく王子様の方だった。

顔見知りの登場に少しホッとしながら近付くと、シグートは以前と変わらない穏やかな表情で微笑む。

「相変わらず、ユミエは可愛いね。出来ればこのまま王宮に連れていきたいところだけど……当分は、それも叶《かな》わなくなりそうだ」

「王子……？」

急に寂しそうな表情を浮かべるシグート王子に、俺は戸惑う。

そんな俺の反応を見て、王子はなんでもないと首を横に振った。

「ユミエの顔を見に来ただけだから、僕はもう行くよ。それから……これから先、僕が何を言ったとしても、どうかリフィネの味方でいてやって欲しい。頼めるかな？」

「……？　はい、分かりました」

なんだろう、今の言葉。

まるで……自分は今から、リフィネ王女の敵になるみたいな……。

「それじゃあ」

言うだけ言って、王子はドームから去っていく。

その意図を測りかねて、こてんと首を傾げていると……王子と入れ替わるように、新たな声が響いてきた。

「む？　わらわの城に客など珍しいな、お前は誰なのだ？」

振り返れば、そこにいたのは一人の少女だった。

黄金の髪を、左右で結んだツインテール。口元には可愛らしい八重歯が覗いていて、悪戯《いたずら》っ子みたいな印象を受ける。

もはやドレスと呼んでいいのかも分からないくらい魔改造されたその装いは、見栄えよりも動きやすさを最優先して作られたものだと素人でも察せられた。

恐らく彼女こそが、俺を招待した張本人。この国の第二王女であり、シグートの妹でもあるリフィネ・ディア・オルトリア王女殿下なのだろう。

そう判断した俺は、すぐに臣下の礼を取り、挨拶した。

「初めまして。私の名はユミエ・グランベル。本日は王女殿下御自らお招き頂き、ありがとうございます」

「お招き？　わらわはこの離宮に誰かを招いたことなどないぞ？」

「……へ？」

思わぬ反応に、俺はどういう反応を返したらいいか迷った。

招いてない？　じゃああの招待状は誰が送ってきたんだ？　王家の人間からであることを示す封蝋《ふうろう》だって押されてたのに……。

そんな俺の疑問を余所《よそ》に、リフィネは「まあいい」と軽く流してしまった。

「つまりお前は、わらわの遊び相手としてここへ来たのだな？」

「まあ、そうなりますね」

聞いた話では、俺より少し歳上《としうえ》ということだったが……言動が幼いせいか、歳下だと言われても納得出来てしまいそうだ。

そんな風に、内心でちょっとだけお姉さん風を吹かせていると……フッと。

リフィネ王女の姿が掻《か》き消《き》え、一瞬で目の前に迫っていた。

「ならば早速……わらわと共に戦《あそ》ぼうではないか‼」

「はいぃ!?」

あまりにも予想外の発言に驚く暇もなく、リフィネ王女が握り締めた拳に魔力が凝縮されていく。

ヤバい死ぬ、と脳内を走馬灯が駆け巡った刹那、俺の前にバストンさんが立ち塞がり、王女の拳を籠手《こて》で受け止めていた。

素手の王女に対して、バストンさんは金属の籠手だ。

拳が砕けるんじゃ、と心配になったけど……派手な激突音を響かせながら押し負けたのは、バストンさんの方だった。

「王女殿下、突然何をなさるのですか!! 事と次第によっては、私としても剣を抜かざるを得ませんよ!?」

抗議の声を上げるバストンさん同様、リサも俺を庇《かば》うように抱き締め、王女を睨《にら》んでいる。

本気で俺を守ろうとしてくれてる二人に温かいものを感じる俺とは裏腹に、王女は本心から困惑したように首を傾げた。

「なんだ? 遊びとはこういうものではないのか?」

今までは誰が来てもそうだったと、王女はとんでもない発言を平然とする。

これには、バストンさんやリサも予想外だったのか、ポカンと口を開けて固まってしまっていた。

……なるほど、〝問題児〟ね。確かに問題だらけだよ、これは。

モニカが出来るだけ動きやすいドレスをって言ってたのは、これだったんだな。最初からそう言ってくれたら良かったのに。

いや……モニカのことだし、たとえその場にいなくても、目上の存在である王女への不敬ともとれる発言はしたくなかったのかもしれないな。

さて、それを踏まえて……どうするか。

「リサ、バストンさん、下がってください。王女殿下のお相手は私がしますから」

「お嬢様⁉」

「しかし……！」

「大丈夫ですから」

ね？　と語りかけると、何とか二人とも納得してくれたのか、俺の後ろへ控えてくれた。

改めて一対一で対峙した俺に、王女様は嬉《うれ》しそうだ。

「ふふん、どうやらやっとわらわと遊ぶ気になったようだな。さあ、今度こそ始めるのだ！」

「その前に、ルールを決めませんか？　遊びにはルールが必要です」

「ルール？」

はい、と頷《うなず》きながら、俺は順番に指を立てていく。

「一つ目。相手は絶対に殺さないこと、出来るだけ怪我《けが》をさせないように手加減すること」

「ふむ？　そんなの当たり前なのだ、殺してしまったら一緒に遊べないではないか」

何を当たり前のことを、と王女は首を傾げる。

よしよし、どうやら殺し合いがご所望というわけじゃないらしい、ひとまず良かった。

「二つ目。先に膝かお尻が地面につくか、〝降参〟って口にした方が負けです」

「倒れた方、ではなくてか？」

「はい」

倒すよりも、膝をついたり尻餅をつく方がハードルが低い。その分、怪我をするリスクも減るだろう。

ついでに、このお姫様が他のか弱い令嬢に勝負を吹っ掛けた時、その相手が腰を抜かした時点で終わりになるように、っていう配慮もある。これが初めてってわけじゃないみたいだし、一応ね。

「三つ目。負けた人は、勝った人の命令をなんでも一つ聞く、です」

「命令？」

「はい、勝った時に何かある方が楽しいでしょう？　もちろん、命令出来るのはその人個人で出来ることだけですよ。無茶な命令はメッ、です」

これが最後の難関だ。

このお姫様、たとえ勝利条件を設けてそこで勝負が終わりだって言っても、それだけで済みそうにないからな。

勝って、このお姫様に強制的にお茶会をさせよう。

「ふふふ、つまりはわらわに勝つつもりということだな……面白い、受けて立とう!!」

よし、乗って来た。これで光明が見えたぞ。

しめしめとほくそ笑む俺に、リフィネ王女は再び襲い掛かって来る。

「わらわの拳で、お前を跪《ひざまず》かせて……わらわの下僕にしてやるのだ!!」

やだこの子、とんでもない命令を俺にしようとしてるよ。下僕って何させるつもりだよ。

……この感じだと、下僕は遊び相手になるのが義務だって、延々とボコられそうな気がする。

うん、負けられない理由が増えたな。

「私は、そう簡単に負けてあげませんよ」

後ろからリサとバストンさんの心配の眼差しを感じながら、俺は《風纏《ブルームアップ》》の魔法を使い、ふわりと王女の拳を回避する。

悔しがるかと思いきや、王女は益々《ますます》嬉しそうに口角を吊《つ》り上げた。

「やるではないか！　まだまだ行くぞ！」

恐らく、身体強化か何かの魔法を使ってるんだろう。小さな体ではあり得ないパワーとスピードを発揮して、王女は更なる追撃を仕掛けてくる。

これ、まともに喰《く》らったら俺死んじゃう気がするんだけど、ルール覚えてる？　大丈夫だよね？

「どうしたのだ？　避《よ》けてばかりでは勝つことは出来ぬぞ！」

ひらりひらりと躱《かわ》す俺に対して、王女は愚直に真《ま》っ直《す》ぐ、猪《いのしし》もびっくりするくらい正面から連撃を仕掛けてくる。

お兄様みたいな、戦い方を学んだ人の動きじゃない。生まれ持った才能のまま、ただ暴れることしか知らない子供の遊び。

だからこそ、俺にも勝ち目がある。

「貰ったぞ‼」

ついに壁際へ追い込まれた俺目掛け、王女が全力の拳を叩《たた》き込《こ》む。

凄《すさ》まじい爆音と共に壁が砕け、土煙が舞う光景に、リサ達が「お嬢様！」と心配そうに叫ぶ声が聞こえた。

ただし……それをした王女当人は、おかしいなと首を傾げる。

「むむ？」

王女の拳は、俺の体を確かに捉えた……ように見えて、俺の作った幻影をただ素通りしただけだったのだ。

演出魔法、《幻影分身《パレード》》。魔物すら騙《だま》したこの魔法を、才能だけの王女では見破れない。

そして……俺の幻が消えた瞬間、その中に仕込んだもう一つの魔法が起動する。

《閃光《フラッシュ》》。ただ強い光で相手の目を眩《くら》ませるだけのその魔法が、無防備な王女の顔面に直撃した。

「ぬわぁ――!? 目が、目がぁ――!?」

突然の光に、顔を押さえてフラフラと後退《あとずさ》る王女。

その足元に、俺はそっと魔法を使った。

「《氷場《スケートリンク》》」

ごくごく小さな範囲の地面に、氷の膜を張るだけの魔法。

お兄様なら、この離宮丸ごと極寒の地に変えることも出来るだろうけど、俺には直径三十センチにも満たない範囲が限界だ。

でも、今回はそれで十分。

凍った地面を踏み抜いた王女は、思い切り足を滑らせてバランスを崩した。

「ぬわぁ――!?」

大きく後ろに倒れ、俺の勝利――かと思いきや、ここで王女は意外な粘り強さを見せた。

〝尻餅〟だけはつかないために、無理矢理手を伸ばしてブリッジの姿勢でキープしたのだ。

「おおー、さすが王女様です」

「ふ、ふふふ……このような小細工で、わらわが負けると思うたか……!」

パチパチと手を叩いて称賛すると、王女は得意気に鼻を鳴らす。

残念ながら、ブリッジしながらじゃ全く様になってないけど。

「では、もう少し頑張ってみてくださいね。《氷場》、《氷場》、《氷場》」

「ふぎゃあー!? や、やめろぉ――!!」

小さな体を支える手足それぞれの下に、氷の膜を割り込ませる。

つるつると滑るそれで更にバランスを崩しそうになるが、王女はギリギリのところで耐えていた。

頑張るなー、この王女様。

「こ、こんなことで……わらわは、屈せぬぞ……!」

言っていることはカッコいいが、やっていることは氷の上でのブリッジというシュールな光景。

カメラがあれば永久保存したいところだが、そう悠長なことも言っていられない。今は閃光《せんこう》に眩んで視力が戻りきってないからこんな情けない姿になっているが、それが戻ればすぐにでも体勢を立て直して襲って来るだろうから。

そこで俺は、恐らく王女が想像だにしていないであろう攻めを実行することにした。

「……ふーっ」

王女の傍《そば》に歩み寄り、その耳にそっと息を吹き掛ける。

恐らく人生初であろうタイプの悪戯に、王女の耐性があるはずもなかった。

「ふひゃあ⁉」

びくんっ！　と、俺の想像よりずっといい反応を見せた王女は、ついにバランスを崩して倒れ込む。

その可愛らしいお尻を地面につけ、無事敗北が決定したお姫様へと、俺はにっこり微笑んだ。

「王女様は、耳が弱いんですね。覚えておきます」

「っ～～～～‼」

ようやく戻った視力で俺を睨みながら、王女は真っ赤になった顔で羞恥と怒りの咆哮《ほうこう》をあげ。

俺はようやく、王女とのお茶会という当初の予定を開始することが出来たのだった。

俺が勝利を収めたことで、無事リフィネ王女とお茶会を始めることが出来た。

……が、案の定というべきか、王女はあまり納得していない様子だった。

「あんなのズルいぞ、反則だぞ！　ちゃんと正々堂々勝負するのだー‼」

バンバンとテーブルを叩きながら、王女はずっと抗議している。

一度目の勝利で、「ちゃんとお茶会を行うこと」って言ったんだけど、これじゃあただ向かい合って座ってるだけで、お茶会とは言えない。

いや、だだっ広い訓練所……王女様曰《いわ》く〝遊び場〟のど真ん中にテーブルを用意して開くお茶会が、果たして真っ当なお茶会と呼べるのかという問題はあるが。

「じゃあ、もう一度勝負してみますか?」

「もちろんだ‼　さあ、今度こそけちょんけちょんにしてやるのだぞ‼」

椅子を蹴り飛ばす勢いで立ち上がった王女が、拳を握ってファイティングポーズを取る。

が、それでは約束が違うので、一つだけ条件を付け加えることに。

「代わりに、一度目の勝負の〝命令〟を変えますね。勝負の内容は、私に決めさせてください」

「む……まあ、それくらいなら……」

このままじゃあ一生お茶会なんて出来そうにないし、まずはこのお姫様を納得させるところから始めるとしよう。

とはいえ、さっきと同じ条件で殴り合いなんて繰り返せば、俺はいずれ確実にその拳を喰らって死ぬ。それは嫌なので、もっと穏当な勝負内容にするのだ。

「そうですねえ、じゃあ……腕相撲はどうですか?　先に手の甲がテーブルに着いた方が負けです」

「ほほう!　いいぞ、お前の細腕ではどうやっても勝てまい!」

ニヤリと笑みを浮かべ、王女が腕を突き出す。

……細腕とは言うが、王女様も大概だと思いますけどもね？

王女自身、それは分かっているのか、明らかに魔法を使って力を底上げしようとしてる気配がある。

仕方ない、そういうことなら俺も相応の手段を取らせて貰おう。

「よーい……スタート！」

掛け声と同時に、魔法を発動。王女の耳元を筆でなぞるような、ささやかな風を生じさせる。

案の定、「ふひゃあ⁉」と可愛らしい悲鳴を上げ、王女様の意識が腕から逸れた。

その隙に、ズダンッ！　と素早く決着をつける。

「はい、私の勝ちです」

「待てぇ――‼　また卑怯《ひきょう》な手を使ったなぁ――⁉」

「卑怯な手なんて使ってないですよ？　たまたま風が吹いたんじゃないですか？」

「風だって分かっている時点でお前が犯人だと自白しているようなものだろぉ――‼」

涙目で叫ぶ王女様、可愛いな。なんというか、もっと苛《いじ》めたくなる。

とはいえ、あまりやり過ぎるのもどうかと思うし、次はちゃんとやってあげよう。

「じゃあ、今度こそ正々堂々と勝負しましょうか。腕相撲、魔法はお互い一切なしで、純粋な腕力勝負です」

「ほ、本当に正々堂々とやるんだろうな……？」

「もちろんですよ」

にっこりと微笑む俺に、王女は疑心の眼差しを注ぐ。

そんなに疑わなくても、今度こそ正々堂々とやるって。

何せ……純粋な腕力勝負なら、日々鍛えてる俺が箱入りのお姫様に負けるはずないからな。

「はい、私の勝ちです」

「なぜなのだぁ――‼」

あっさり勝利を収めた俺に対して、納得いかないとばかりに王女が叫ぶ。

残念ながら、これが現実なのだ。

「王女様は強いですけど、魔法に頼り過ぎですよ。ちゃんと体も鍛えないと、肝心な時に動けませんよ」

「むぐぐ……お前は鍛えているというのか」

「それはもちろん。王女様の体くらい、こうして持ち上げられますよ」

「のわっ⁉」

王女に近付き、その体を抱き上げる。

小さな女の子とはいえ、ほぼ同じ体格の人間を抱き上げるのは少し大変だが、グランベル家の人間として、これくらいはな。

「分かっていただけましたか？」

「わ、分かった、分かったから早く降ろさんか！」

「はいはい、分かりました」

なぜか顔を赤くして捲《まく》し立《た》てる王女の体を、そっと地面に降ろす。

ババッと離れていく姿に、野良猫みたいだなぁなんて感想を抱きながら、俺は改めてテーブルに着いた。

「それでは、改めてお茶会をしましょうか。リフィネ王女に使うもう一つの〝命令権〟の内容は、また次の機会に考えるということで」

「待て、今の勝負も有効なのか⁉」

「それはもう、特に撤回もしませんでしたし。ですからさあ、座ってください」

俺が促すと、王女は渋々テーブルに着く。

けれど、やっぱりどこか納得がいかない様子だった。

「……王女様は、そんなにお茶会が嫌いなんですか？」

こうして交流した限り、リフィネ王女はお転婆姫ではあっても、人の話を一切聞かない悪い子という印象はない。俺との〝勝負〟に拘《こだわ》るのも、他人を寄せ付けないのではなく、それ以外に人と関わる方法を知らない感じがする。

お茶会に対してこうも消極的なのは、何か理由があるのでは――そんな俺の予想に対して、王女は拗《す》ねたように顔を逸らした。

「嫌いに決まっている。どうせみんな、わらわのことをバカにするのだ。お前も、どうせあいつらと同じなのだ!!」

「バカにする……？　それってどういう……」

「もういい、お前はいらないのだ!!　もう帰れ!!」

「あっ、王女様!!」

よっぽど触れられたくない話だったのか、リフィネ王女はそのまま走り去ってしまう。

取り残された俺達は、どうしようかと互いに顔を見合わせて……ひとまず、テーブルを片付けようかと動き出したところで、一人のメイドがやって来た。

「リフィネ王女殿下の専属メイド、メイと言います。グランベル家の皆様……本日は、姫様がご迷惑をおかけしました」

「いいえ、私は迷惑だなんて思ってないですから、気にしないでください」

「そう言って頂けると助かります。その、姫様は……決して悪い御方《おかた》ではないのです。それだけは、お伝えしたくて」

「……少し、話を聞かせて貰ってもいいですか？」

メイに、話の続きを促してみると……。

リフィネ王女がこうして離宮……離宮？　に隔離される前は、他の貴族令嬢達とこんな風にお茶をすることもあったらしい。

しかし、王女は魔法の才能はあっても、勉強や教養という面ではお世辞にも褒められた成績じゃなかった。

世間知らずで、物を知らず、誰の話にもついていけない。出来ることは、魔法を使った暴力だけ。

なまじ、リフィネ王女の兄と姉が揃って優秀だったこともあって、彼女が孤立するのに時間はかからなかった。

「それでも、国王陛下と王妃様がご健勝であれば話は違ったでしょう。ですが……陛下が病に倒れ、王妃様も陛下の看病のために表に顔を見せなくなってしまわれました。第一王女殿下は既に他国へ嫁いでおられますし……自然と、周囲はお二人の代理という重責をシグート殿下とリフィネ殿下に期待するようになり……シグート殿下ほど優秀ではなかった姫様が歪《ゆが》んでしまわれたのも、それが原因だと思っております」

「そうだったんですか……」

王族の責務。その重さを、俺は理解してやれない。

ただ、立派で在ることを周りから期待されている中で、自分に出来るのが〝暴力〟しかないと分かった時、それを見せ付けるために〝遊び〟と称して暴れてしまう気持ちは、少し分かる。

俺も……グランベル家に受け入れられるために振るえる力が、〝可愛さ〟くらいしか思い付かなかったから。

「メイさん、王女殿下に伝えて頂けますか？　明日また来ますから、一緒に遊びましょうって」

「……いいのですか？」

「はい」

シグートに、味方でいてくれって頼まれた。それももちろんある。

でも俺はそれ以上に……もう、あのお姫様が好きになってしまったらしい。

野良猫みたいにツンツンしてる癖に、どこか寂しそうに、構って欲しそうに向こうから突っかかってくるあの子を、放っておけないんだ。

「リサ、この近くに、お父様が王都に滞在するのに使う別荘があるんだよね？　それって、使っても大丈夫？」

「お嬢様がそれを望むなら、旦那様も否とは言わないはずです。すぐに手配致しますね」

「うん、お願い」

お茶会が終わったらすぐに帰るつもりだった予定を変更し、腰を据えて王女様と関わる腹を決める。

覚悟しなよ、リフィネ王女。

グランベル家を堕《お》とした俺の可愛さで、お前とも絶対に友達になってやるから！

わらわの名前はリフィネ。リフィネ・ディア・オルトリアだ。

王国の未来を背負う、誉れ高き王の家系。その能力で民を導き、貴族達の模範となる存在で在れ。……耳にタコが出来るくらい、教育係からしつこく繰り返された言葉なのだ。

だが正直、わらわにはいまいちその理屈が理解が出来なかった。

生まれつき持っていた強すぎる魔力のせいで、わらわには少しばかり暴走癖があったので……六歳頃になるまで、王宮の外へ出ることすら許されなかったから。

〝国〟とはなんだ？　〝民〟とはなんだ？　背負えと、導けと、模範になれと言われても……見たこともない〝何か〟のために生きろと言われても、どうしたらいいか分からないのだ。

ただ、一つだけわらわにも理解出来てしまったことがある。

兄を……シグート王子を見習え、という言葉だ。

勉強も、魔法も、剣も、何もかも全てが優秀で。父上が倒れたと聞かされた後は、たった一人で〝国〟を支え、導いているという。

王子はすごい、天才だと、誰もが褒《ほ》め称《たた》える。わらわも、兄上がすごい人だということは漠然と理解出来た。

だからこそ余計に……その後に必ずと言っていいほどついて回る言葉が、辛《つら》かった。

〝それに比べて、王女殿下ときたら〟、と。

「王女様～！　遊びましょう～！」

「…………」

自室のベッドで微睡《まどろ》んでいたわらわは、窓から響く不躾《ぶしつけ》な声に叩き起こされ、ゆっくりと目を開ける。

この声は確か、昨日遊びに来た貴族令嬢だったか。名前は、確か……。

「ユミエ……」

「名前、覚えててくれたんですね。嬉しいです」

「……ん？」

そこでわらわは、ふと気付く。なんだか、妙に声が近いような？　と。

慌てて体を起こすと……ベッドの傍で、わらわをニコニコと見つめるユミエと目が合った。

「王女様、寝る時は随分と可愛らしいパジャマを着ていらっしゃるんですね。どこのデザイナーさんにお願いしたんですか？」

「……き」

「き？」

「きゃあぁぁぁ!?」

なんで？　なんでわらわの部屋に堂々と不法侵入して、あまつさえわらわの寝顔とパジャマ姿をじっくり鑑賞しておるのだ、この娘は‼

思わず叫んでしまったわらわに、ユミエは悪びれもせずどうどうと宥《なだ》めてくる。

「落ち着いてください、どうしたんですか？　悪い夢でも見ましたか？」

「確かに見た‼　見たが、今目の前で起こってることの方がずっと悪夢なのだ‼」

「なら良かったです。ちなみに、私が部屋の中にいる理由でしたら、先ほどメイさんから『姫様が何度呼びかけても起きないので、よろしければ部屋の中でお待ちください』と入れて貰ったからです」

「メイぃ――‼　何をしておるのだぁ――‼」

あやつだけはわらわの味方だと思っていたのに！

そう頬《ほお》を膨らませるわらわに、ユミエはニコニコと楽しそうに笑っている。

「何が可笑《おか》しいのだ」

「いえ、やっぱり王女様は可愛いなって。メイさんが気にかけるのも分かります」

「……メイに何か言われたのか？」

「そうですね。昨日帰る前に、姫様にも悪気はないんだって、わざわざ謝りに来てくださりました」

「……あのおバカめ、余計なことを」

メイは、多すぎる魔力のせいで体調を崩しがちだった小さい頃からずっとわらわの専属でいてくれた、わらわのたった一人の味方だ。

……正直、わらわにはもったいないくらいの忠臣だと思うが、時々こうして余計なことをしてくれる。

あるいは、ユミエを最初に呼び付けたのもメイではないのか？　と疑っているくらいだ。

「でも、今日遊びに来たのは私の意思ですよ。王女様、私と友達になってください」

「ふんっ、誰が友達になど」

わらわと友達になろうと言ってきた人間は、これまで何人もいた。だが、結局は誰一人、わらわの下には残らなかった。

つい最近も、これまでのことをまるでなかったかのようにすり寄って来る、気持ち悪い連中が何人かいたが……適当に追い返したら、二度と顔を見せることはなかったからな。

友達など、いらない。裏切られるくらいなら、最初からいない方がいいのだ。

「なら、ひとまず下僕でもいいですよ。ほら、早く着替えて行きましょう」

だが……なぜだろうな。

頭ではいくらそう思っていても、こいつの笑顔を見ていると、もう一度だけ信じてみたいと思ってしまう。

もう一度だけ……今度こそ。

わらわも……兄上のように、たくさんの人に囲まれて、王族らしくちやほやされたい。

そうしたら、きっと――

「ふんっ、そこまで言うのであれば仕方ない。付き合ってやるのだ」

心の中から溢《あふ》れ出《だ》しそうになった願いを誤魔化すように、わらわは上から目線でそう答える。

そんなわらわの態度に顔を顰《しか》めることもなく、ユミエは手を伸ばしてきた。

その手を握るのに、何の抵抗もなかった理由は……自分でも、よく分からない。

だが不思議と、それが不快ではなかったのだ。


「ユミエ、待つのだ――!!」

「あはは、待ちませんよー」

今日も遊ぼう！　とリフィネ王女の部屋に突撃した俺が、本日の勝負内容として提案したのが鬼ごっこだった。

追いかける側が、逃げる側のどこだろうと直接手で触れたら勝ち。魔法で直接攻撃するのはなしだけど、自分や周りに魔法を使って相手を妨害したりするのはあり。

そんなルールで、まずは俺が逃げる役をやっているわけだけど……遊びとはいえそこは勝負、容赦なく勝ちを狙いに行っている。

「そこだぁ――!!」

王女が全力で魔法を使って自分を強化し、砲弾みたいなスピードで飛んでくる。正直なところ、これを見切って避けるのはあまりにも至難の業だ。

だからこそ、俺がしたのは《風纏》《ブルームアップ》によって自分の体を極限まで軽くし、ふわふわと木の葉のように漂うだけ。

後はただ、全力で突っ込んでくる王女の体が起こす突風に巻き上げられることで、何もしなくても勝手に回避できるって寸法だ。

今もその手でひらりと……いや、ぶわっと吹っ飛ばされるようにして回避した俺は、背筋を冷や汗が伝うのを感じながらも、表面上は余裕そうにドヤ顔を見せる。

「ふふふ、王女様、真正面から突っ込むだけでは勝てませんよ。工夫しないといけません」

「工夫と言われても、どうすればいいのだ!」

「そうですね、例えば……王女様の力で岩を持ち上げて、私が逃げそうな方向に予《あらかじ》め投げて動きを制限しながら突っ込む、とか」

ぶっちゃけリフィネ王女の魔法でどんなことが出来るのか知らないので、シンプルに〝怪力〟という視点からやれそうなことを言ってみる。

すると、それを聞いた王女はふむと一つ頷き……そこらの地面を殴り壊したかと思えば、それによって生じた土塊《つちくれ》を摑み取る。

……えっ。

「こんな感じか？」

「うひゃあ!?」

俺のアドバイス（？）が利いたのか、早速とばかりに土塊を次々と投げつけて来る王女様。

ただの土塊といっても、魔法によって強化された力で投げつけられるそれは非常に危ない。

回避は必須だ。

しかしこれでは、俺は自分で思い付いた通り、次の回避が難しくなってしまう。

何せ、木の葉回避はそれなりに大きなものが動いた時に発生する突風で回避しているだけで、拳大の土塊程度じゃ当たってしまうのだ。

結果として、俺は木の葉回避をやめて自分の足で移動しながら躱していく必要に駆られ、壁際に追い込まれて……。

「そこだぁ――!!」

今度こそ獲《と》ったとばかりに、リフィネ王女が突っ込んでくる。

俺にそれを回避する余裕はもはやなく、小さな体に触れられた――ように見せかけて、幻影を素通りするだけに終わった王女が壁に激突した。

痛みに悶絶《もんぜつ》しごろごろと転がる姿を見て、俺は思わず噴き出してしまう。

「あははは、王女様、大丈夫ですか？」

「大丈夫なわけあるか！　そういえば、お前にはそんな魔法もあるのだったな……すっかり忘れていたのだ……」

今度こそ、というところで失敗したからか、リフィネ王女は目に見えてがっくりと落ち込み、その場にしゃがみ込んでしまう。

流石にやり過ぎたかな、と思った俺は、慌てて王女を慰めるべく駆け寄った。

「でもほら、今のはすっごく良かったですよ！　私ももうダメかと思いましたし……⁉」

撫でてやろうかと手を伸ばしたところで、リフィネ王女が俺の体に勢いよく飛び掛かってくる。

押し倒された俺の上で、王女はにやりと勝ち誇った笑みを浮かべた。

「ついに捕まえたぞ、ユミエ‼　これでわらわの勝ちなのだ、よもや卑怯とは言うまいな⁉」

なんと、あの落ち込んだ姿は俺を誘《おび》き寄《よ》せるためのブラフだったらしい。

まさかこうも早く俺のやり口を真似《まね》られるなんて思ってもみなかったから、その渾身《こんしん》のドヤ顔に思わず笑ってしまった。

「卑怯だなんて言いませんよ、流石は王女様です。今回は私の完敗でしたね」

「そ、そうか。分かればいいのだ」

あまり褒められ慣れていないのか、照れたように視線を逸らす王女様。

そんな自分を誤魔化すためか、リフィネ王女は相変わらず俺にマウントを取ったまま、腕を組んで殊更偉そうに宣言する。

「これでわらわにも、ユミエへの命令権が一つ出来たわけだな！」

「ふふふ、はい、よっぽど無茶なお願いでなければ、何でもして差し上げますよ、王女様」

昨日俺が勝った分の命令権が一つ残ったままなんだけど、まあ気にしないでおこう。

そう思って、リフィネの次なる言葉を待つのだが……なかなか出てこない。

命令することがないというよりは、それを口に出すことを躊躇《ためら》っているみたいな……。

「王女様、どうされました？」

「っ……そ、その畏《かしこ》まった口調をやめるのだ、わらわのことは、リフィネと呼べ。それが命令なのだ‼」

思わぬ命令内容に、俺は目を丸くする。

それこそ下僕になれとか、今度は肉弾戦で勝負だとか言い始めるかと思ってたから、本当にびっくりだ。

「ダメ、なのか……？」

命令だと言いながら、それを拒否されるのを恐れるかのようにチラチラと俺の顔色を窺《うかが》っている。

その様子はもう、王女でもなんでもなく……ただ、〝友達になりたい〟と一言告げる勇気をなかなか持てないでいる、可愛くていじらしい一人の女の子だった。

「そんなことないですよ。喜んで呼ばせて貰います」

「わわっ⁉」

体を起こし、リフィネの体を抱き締める。

断られたらどうしようと不安だったのか、緊張でカチコチに固まった体を解《ほぐ》すように、ぎゅっと。

「改めて、よろしくお願いします。これからはちゃんと友達ですね、リフィネ」

「そ……そう、だな……」

まだ何か言いたいことがあるのか、リフィネは口をもごもごさせる。

その言葉が形になるまで、ゆっくりとそのまま待っていると……やがて、リフィネは躊躇いがちに口を開いた。

「その……昨日は、あんなことを言ったが……わらわも、ユミエとなら、お茶会というのをしてみたいのだ。……今更だが、構わないか……？」

「もちろん、とっても嬉しいです！」

昨日はあんなの嫌いだって言ってたけど、本当はやりたかったらしい。

俺はリフィネのことをバカにしたりしないって、信じて貰えたのかな？　だとしたら、嬉しいな。

「早速準備して貰いましょう。リフィネとのお茶会、すごく楽しみです」

「わらわも、その……ユミエとのお茶会は、楽しみなのだ！」

そんな俺の希望的観測が間違いじゃないって教えてくれるかのようなリフィネの言葉と笑顔に、俺も釣られて益々笑顔になりながら。

俺達はこうして、れっきとした〝友達〟になったのだった。


「それでな、わらわの離宮の裏で、こんな大きなカブトムシを見付けたのだ！　みんな怖がるから帰して来なさいってメイに怒られてしまったのだが、ユミエにも見せてやりたかったたぞ」

「ふふふ、それはすごいですね、私も見てみたかったです」

昨日のリベンジということで、改めて開かれた俺とリフィネのお茶会なんだが……昨日とは打って変わって、リフィネがノンストップで喋《しゃべ》り続けていた。

心を許した相手には、一気に距離を詰めていくタイプなんだろう。ひたすら聞き役に徹しているが、話が途切れる気配はない。

やれ変わった虫を見付けた、メイに悪戯を仕掛けて怒られたなどと、まるで男の子を相手にしてるかのような会話内容で、あまりついていけてるとは言い難いんだが……キラキラと輝くリフィネの楽しそうな顔を見ていると、そんなことは些細な話だと思える。

「それでな……っと、すまない、ずっとわらわばかり喋ってしまっていたのだ……」

「気にすることないですよ。私はリフィネが楽しそうに話してくれてるだけで十分ですから」

気を使ってるとかではなく、本心からそう思う。

何せリフィネは、びっくりするくらい表情豊かなのだ。

思い出の中で何を見て、何を感じたのか。それが表情としてこの上なくハッキリと表れ、次から次へとコロコロ変わるから、よく分からない話であっても聞いていて退屈しない。

まるで、自分がその場で一緒になってリフィネと遊んでいるかのような、そんな気持ちにさせてくれるんだ。

「リフィネの可愛い顔を見ているだけで、私はとっても楽しいです」

「……め、面と向かって、そんなにハッキリと可愛いなどというヤツは、初めて見たのだ……」

「そうですか？　リフィネはこんなにも可愛いんですから、誰だってそう言うと思うんですけど」

「そんなことないのだ。わらわのことなど、みんな粗暴で役立たずな王家のお荷物としか思っていない」

あんなに輝いていたリフィネの表情が、みるみる陰っていく。

どうやら、リフィネを取り巻く環境の複雑さは、一朝一夕でどうにかなる問題じゃないらしい。

……リサに王都で長期滞在する準備を整えて貰ったのは正解だったな。

「それは、みんながリフィネの魅力に気付いてないだけですよ。本当のリフィネがどんな子か知れば、みんなすぐにリフィネのことを大好きになると思います」

「そうだろうか……」

「絶対にそうですよ」

何度もそう伝えるが、リフィネはいまいち信じきれないらしい。

ならばと、俺はアプローチの方法を変えることにした。

「それなら、私と一つ勝負しませんか？」

「勝負……？」

「はい。私が全力で、リフィネがどれだけ可愛くてみんなから好かれる可能性に満ちた存在か、分からせてみせます」

「……は？」

流石に意味が分からなかったのか、リフィネがポカンと口を開けたまま固まってしまう。

そんな顔も可愛いな、なんて感想を抱きながら、俺は堂々と言った。

「期間は一ヶ月。リフィネはどうぞ自分を嫌われ者だと思っていてください。好かれすぎてても誤魔化せないと思ったら、その時は降参してくださいね。そうしたら、私の勝ちです」

「……そのルール、わらわが有利過ぎないか？　極論、わらわが何をされても言われても、最後まで〝嫌われている〟と言い張り続ければいいのだろう？」

「そう思うなら、もちろんこの勝負に乗ってくれますよね？」

リフィネは相当な負けず嫌いだし、こう言えば確実に乗ってくるはず。

案の定、「ほほう？」とリフィネの瞳に負けん気の炎が灯《とも》った。

「そこまで言うならやってみせるがいいのだ。無理に決まっているがな」

「ふふふ、言いましたね？　その自信が一ヶ月後にどうなっているか、楽しみです」

リフィネは知らないだろうが、俺は家庭崩壊寸前だったグランベル家の人間すら籠絡《ろうらく》してみせたのだ。

そんな俺の目から見ても可愛くて仕方ないリフィネを、少しお転婆で勉強が出来ないという理由だけで距離を置いてる連中に好かれるよう仕向けるなど、赤子の手を捻《ひね》るより容易《たやす》いこと。

「リフィネにも見せてあげますよ。私の本気を」

物語のラスボスさながらの悪役面を浮かべながら、俺は堂々と宣言するのだった。

私の名前はメイ。第二王女、リフィネ・ディア・オルトリア殿下のお付きのメイドです。

姫様のことは、まだ彼女がよちよち歩きしか出来なかった頃から面倒を見ているため、私の半生は姫様と共にあったと言っても過言ではありません。あの頃はまだメイド見習いだったので、姫様に個人として認識されたのはもっと後でしたが。

ともかく、そんな理由もあって、私は姫様の現状をずっと憂えていました。

優秀な兄と常に比べられたせいで、劣等感に苛《さいな》まれ。

唯一才能のある魔法をアピールしようとすれば、粗暴だ暴れ者だと罵られ。

人が離れ、邪険にされ、離宮に隔離され、病に倒れた両親とはもう何年も会っていない。

たった十二歳の子供が味わうには、あまりにも辛い孤独な境遇。それを誤魔化すかのように、姫様は益々お転婆になっていって、数少ない離宮の使用人達からも距離を置かれて……もう、どうしようもないのだろうかと、諦めかけていました。

そんな時です。普段なら絶対に寄り付かない離宮に、シグート王子がやって来たのは。

姫様の状況を理解しながら、何も手を打とうとしない彼には、巷《ちまた》で言われているほど良い印象を持っていなかったのですが……今回初めて、王子殿下は天才だったのだと実感しておりま

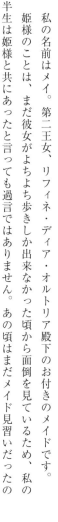

す。

ユミエ・グランベル。彼女に、姫様の名前で招待状を送るようにと王子殿下から言われた時は、何事かと思いましたが……まさか、すっかり人を寄せ付けない雰囲気になっていた姫様と、たった二日で友達になってしまうとは思いませんでした。

私なんて、姫様に信用して貰えるまでに三年もかけたのに!!

……こほん。まあ私の些細な嫉妬心は横に置いておくとして、姫様に友達が出来たのは良いことです。

気軽に名前で呼び合う仲になってるのを見て羨《うらや》ましさのあまり箒《ほうき》を握り潰しそうになりましたが、姫様には友達が必要でしたからね。

ただ……そこから先の展開は、私の想像を越えていましたが。

「今日は挨拶ゲームをしましょう」

「……挨拶ゲームって何なのだ？」

「簡単ですよ、この離宮をお散歩して、会った人全員に先に挨拶出来た方が一ポイント。部屋に戻ってきた時に、よりたくさんポイントを取った方が勝ちです」

「……挨拶の早さを競うということか？」

「はい。ただし、挨拶の前に必ず相手の名前を呼ぶこと、それが条件です」

「ふん、そんなの、ここへ来たばかりのユミエに負けるはずがないのだ！」

正直、私も姫様と同意見でした。

王宮に比べれば少ないとはいえ、それでもこれだけ大きな施設を維持するために働いている人数は相当に多い。

引きこもりがちな姫様もそんなに覚えているとは思えませんが、だからといって来たばかりの令嬢がそのルールで勝てるとは……。

「はい、私の勝ちです」

「なぜなのだぁぁぁぁ!?」

圧勝していました。意味が分かりません。

話を盗み聞きした限りでは、ユミエ嬢は初日、姫様が逃げてしまった後に一通り挨拶回りしたから、その時覚えたのだ、と。

……三桁近い人数を、一度の挨拶で全員覚えたと？　どんな記憶力ですか。

「くそう、次は負けないのだ!!」

私がユミエ嬢の記憶力に驚いている間に、姫様は生来の負けん気を発揮した様子。部屋に籠もって、使用人の名簿を手に勉強を始めました。

……姫様が、ご自分の意思で机に向かっている!?

あの、勉強が嫌すぎてもはやそこに座ることさえ拒絶していた姫様が!?

「ふはははは！　今日はわらわの勝ちなのだ!!」

「ついに負けちゃいましたね、流石です、リフィネ」

そして数日後、毎朝恒例となっていたその勝負で、ついに姫様が勝利していました。

……毎朝、ユミエ嬢と並んで離宮を巡り、普段顔を合わせることもなかった使用人達と交流することで、自然と姫様の評判が少しだけ改善するという結果を残しながら。

「明日は負けませんよ。それから、次は野菜の早剝《む》き対決でもしましょうか」

「うむ！　どんな勝負なのだ？」

その後も、姫様とユミエ嬢は、様々な内容で一日中〝勝負〟を繰り返していました。

厨房《ちゅうぼう》で野菜の下処理をする速さと正確さを競ったり、離宮に届いた荷物を倉庫まで運ぶリレーをしたり、長い廊下を雑巾掛け競争したり……。

ほとんど、勝負という名目で体よくお手伝いさせているだけのような気もしますが、その効果は大きかった。

これまで姫様が持て余していた魔法の力が、自然と離宮の人々のために役立つ方向へ誘導されていったのです。

毎日明るく挨拶し、仕事をお手伝いしたかと思えば、魔法によってその作業効率を改善してくれるお姫様。これまでの悪評を覆すように、使用人達の間で姫様を見る目が日に日に変わっていくのを感じました。

特に……姫様がユミエ嬢の前で見せる愛らしい笑顔が、人々の意識を変える大きな助けになったのは間違いないでしょう。

姫様の笑顔は、見ているだけで幸せな気分になれる、魔性の笑顔です。それが、ここ最近は日がな一日、以前よりも輝きを増して常に振《ふ》り撒《ま》かれている。あんなにも可愛らしい姫様に挨拶されて、堕ちない人間などいるはずがない。

ユミエ嬢はそれを分かった上で、それを自然と引き出してみせた。ここに来てほんの数日だというのに、なんという手腕でしょう。

そして……だからこそ、何年も姫様と一緒にいながら、それをして差し上げられなかった自分自身が、嫌になります。

「はあ……」

人気のない離宮の隅、姫様のために用意された運動場の目立たない場所で、私は大きく溜《た》め息《いき》を溢《こぼ》しました。

姫様のために、精一杯尽くしてきたつもりでしたが……私のやり方では、まるでダメだったのですね。

「はぁ……」

何度も溜め息を溢しながら、自分がこれまでしてきたことは何だったのか、私が散々怒っていた薄情な王宮の連中と何も変わらないのではないか、そんな自責の念が胸の内をぐるぐると渦巻きます。

いっそこのまま消えてしまいたい……そんな風に思っていると、どこからともなく声をかけられました。

「あ、メイ！　こんなところにいたのだな、探したぞ！」

「姫様……？　それに、ユミエ様まで。また挨拶ゲームですか？」

私がそう尋ねると、姫様は「それはもうさっきしたのだ、メイにも挨拶したろう」と呆れ顔になります。

……確かに、言われてみればそうでしたね。

「だから今回は、ゲームではなくて、その……メイにプレゼントなのだ！」

「へ？　姫様が、私に？」

あまりにも予想外過ぎて呆然《ぼうぜん》とする私に、姫様は小さな両手を差し出します。

そこにあったのは、可愛らしい蝶《ちょう》の刺繍《ししゅう》が施された、一枚のハンカチ。

不慣れなのがありありと分かる不器用な出来栄えが、嫌でも姫様の手作りなのだと教えてくれます。

「その、だな……これはユミエとの勝負で……」

「リフィネ、違うでしょう？　これだけは、恥ずかしがらないで本心を伝えたいって言っていたじゃないですか」

うっ、と姫様が言葉に詰まり、視線を彷徨《さまよ》わせる。

やがて、意を決したかのように私を真っ直ぐに見上げ……恥ずかしさで真っ赤になった顔のまま、言いました。

「メイ、いつも……今までずっと、わらわのために尽くしてくれて、ありがとうなのだ!!　だから、これはその、わらわなりのお礼というか……」

「お礼……ですか？」

お礼だなんて、そんな。私は、姫様に何もして差し上げられなかったのに。

そう考える私に、ユミエ嬢が補足するように口を開きます。

「リフィネが言ったんです。今の自分がいるのは、メイがいてくれたお陰だって。だから、何かお礼がしたいけど、どうしたらいいか分からないから、手伝って欲しいって。勝負と関係なく、一生懸命練習してたんですよ」

「姫様が……そんなことを……」

信じられない思いで目を向けると、姫様は益々恥ずかしそうに目を逸らしてしまわれました。

その反応が何よりも、口からでまかせを言っているのではなく、姫様の本心なのだと教えてくれます。

それくらいは……私にだって、分かりますから。

「その……あまり上手ではないのだが、一生懸命作ったのだ。受け取って貰えると、その……嬉しい」

ちらちらと、私の反応を窺うように見つめる姫様の眼差しと、手元にあるハンカチを見て……私はもう、我慢出来ずに涙を溢してしまいました。

「なっ、ななっ、どうしたのだ、メイ!? そんなに嫌だったのか……!?」

「違うんです……あまりにも、嬉しすぎて……」

私のことを、姫様はちゃんと見ていてくれた。感謝してくれた。それだけで、今までの全てが報われた気がしました。

私では、ユミエ嬢のように姫様を笑顔にすることは出来なかったけれど……今日この日まで、姫様を支え続けた日々は、決して私の独り善がりではなかったのだと。

「ありがとうございます、姫様……！ これからも、ずっと……姫様にお仕えします……!!」

「う、うむ！ メイはわらわの一番の忠臣だからな、これからもずっとわらわの傍におれ！ 絶対だぞ！」

「はい……!!」

涙で濡《ぬ》れた視界の中、私は何度もその言葉に頷く。

そして、もう一人……ユミエ嬢に、私は深々と頭を下げました。

「ユミエ様……姫様のお友達になってくださり、本当に、ありがとうございます……姫様が、こんなにも幸せそうな笑顔を見せるようになってくれたのは、間違いなくあなた様のお陰です……使用人一同を代表して、お礼を言わせてください……」

「大袈裟《おおげさ》ですよ、私はただ、教えてあげただけですから。リフィネの幸せは、ちゃんとここにあるんだよって」

ね？　と姫様に微笑みかけるユミエ嬢を見て、私はようやく理解しました。この方と張り合うなんて、そんなバカバカしいことはないと。

なぜなら私は、もう――この方のことも、心から敬愛してしまっていたのですから。

俺がリフィネのところに来て、早くも一ヶ月になる。

離宮で働く使用人達ともすっかり仲良くなり、王都の屋敷からここへ通う時も、もはや完全な顔パスだ。それでいいの？　と思わなくもない。

とはいえまあ、俺がそれだけ信用されて、使用人達と仲良くなれてるってことは、当然ながらリフィネもそれ以上に好かれているわけで。

近頃のリフィネは、連日使用人達からの大好きアピールを受けまくっていた。

「姫様、今日も可愛らしいです！」

「姫様、今日の昼食は姫様の大好きなハンバーグです、楽しみにしていてください！」

「姫様、ぬいぐるみなどにご興味はありますか？　最近新しいお店がオープンしたようですので、よろしければ買ってきますよ！」

「姫様！」

「姫様！」

「…………」

そうした攻勢の中を無言のまま通り抜けて、リフィネが自分の部屋に入る。

そのまま、スタスタとベッドへ向かい……頭から枕に突っ込んで、悶絶し始めた。

「あぁぁぁ!! どいつもこいつも、わざとらし過ぎるだろぉぉぉ!!」

「ちゃんと皆さん本心だと思いますよ？ 本当にリフィネのことが好きだから、こんなにも毎日言い続けてくれるんです」

「それくらい知って……！ いや、違う、そんなわけないだろう!! というかそもそも、わらわとユミエの勝負だったはずなのに、どうしてみんな揃って内容まで知ってるのだ!?」

「それはもちろん、私が広めたからです。教えちゃダメってルールはありませんでしたからね」

「ユミエのバカぁぁぁ!!」

どこからどう見ても、既に離宮内はリフィネの味方で埋め尽くされているのだが、そこは生来の負けん気が悪い方に働いてしまったのか、なかなかその事実を認めてくれない。

そろそろ期限の一ヶ月ということで、勝負の内容と……リフィネが、これまでの経験のせいで人の好意を素直に受け取れなくなってることについて話したら、みんな揃ってリフィネのために全力で愛情表現するようになったのが今だ。

正直、俺が想像してたよりも大分熱烈な大好きアピールになっているんだが、リフィネは必死に耐えていた。

耐えるとかいう単語が出てくる時点で負けてる気がするが、降参はしてないのでセーフなのである。

「リフィネは嫌ですか？　今の状況」

とはいえやっぱり、多少のやらせ感があるのは確かだ。

それをどう思ってるのか、少し真剣なトーンで尋ねると、リフィネは枕に顔を埋《うず》めたままのくぐもった声で答えた。

「嫌なわけがない……ユミエには、感謝してるのだ」

ボソボソと、リフィネが語りだす。

以前は誰も見向きもしなかった自分が、離宮を散歩しているだけで気にかけられ、声をかけて貰えること。笑いかけて貰えること。

そして何より……誰かに感謝されることへの喜びを。

「こんな毎日、少し前までは考えたこともなかったのだ。だけど……」

「けど？」

「……だから、余計に思うのだ。わらわは……兄上とも、仲良く出来ないのだろうか、と……」

シグート王子とリフィネは、仲が悪いって言われてるらしい。

優秀な王子と出来損ないの王女として常に比べられ、自然と溝が出来てしまったせいで、もう何年も顔すら見ていないんだと。

「前は、ただただ兄上が羨ましかった。だが、兄上もずっと昔、まだわらわが小さかった頃は、体調を崩すとよくお見舞いに来てくれたりしたのだ。ずっと傍にいて、わらわの頭を撫でてくれて……あの頃のように、戻りたい」

「……きっと大丈夫ですよ」

リフィネの枕元に座った俺は、その頭をそっと撫でる。

シグート王子は、出来が悪いなんて理由で妹を蔑《ないがし》ろにするような人じゃない。そんな人間なら、お兄様がいつまでも親友でいるわけがないからな。

俺自身が関わった限りでも、シグート王子は少しばかり人をからかうのが好きなだけで良い人だったように思う。

「シグート王子も、リフィネのことを大切に想っているはずです。私はそう信じています」

「……なら、どうしてわらわに会いに来てくれないのだ？　わらわをこの離宮に押し込めたのも……兄上だと聞かされているのに」

「……そうなんですか」

この離宮は、シグート王子が用意した場所だったのか。

特別扱いといえば聞こえはいいが、俺が来るまでの状況を考えれば、ただ見えないところに隔離しただけと見られてもおかしくないだろう。

「怖いのだ……みんなに好かれれば好かれるほど、兄上や……家族にも好かれたいと願うようになって……でも、それがダメだったらと……」

俺は、シグート王子がリフィネを嫌ってるなんて言われても信じられない。もし嫌ってるなら、俺に「リフィネの味方でいてやって欲しい」なんて言わないはずだ。

でも、状況証拠だけ並べてみれば、確かにリフィネが嫌われてるって言われた方がしっくりくるような気もする。だからリフィネも自信が持てないんだ。

……それなら、やることは決まってるよな。

「それなら、私が確かめて来ますよ、シグート王子の気持ち」

「……ユミエが？」

「はい。それで、どうにかして直接会える機会を作りましょう」

一つだけ確かなのは、シグート王子にも何か会えない事情があるんだろうってこと。

それが何なのか確かめないことには、何も進展しない。

「そうしたら、今度こそリフィネも信じられますよね。リフィネがどれだけ可愛くて、みんなから愛される存在なのか」

「うっ……そう言われると、素直にうんとは言いづらいのだ……」

恥ずかしそうに照れるリフィネを見て、やっぱり可愛いなと場違いな感想を抱く。

そしてやっぱり、こうも思うんだ。リフィネが何の憂いもなく、心から笑えるようにしてやりたい。

俺がそうだったように……リフィネの家族も、ちゃんと仲直りさせてやりたいって。

「約束ですからね」

素直じゃないリフィネに、一方的にそう告げて。

俺は王宮に乗り込むべく、部屋の外へ飛び出すのだった。


「帰ってください」

「そこを何とか……」

「ダメなものはダメです」

というわけで、リフィネに大見得を切ってまでシグート王子のいる王宮へやって来た俺だけど、面会の約束もないのに会わせられないって門前払いされていた。

いやうん、そうだよね。なんでいけると思ってたんだろう、俺。

「お嬢様、諦めてここは引きましょう」

「はーい……」

ここまで同行して貰ったリサに諭された俺は、素直に引き下がることに。

うぅ、リフィネになんて言えば……なんて考えていると、当の本人がこの場に現れた。

「何を騒いでいるんだ？」

「あ、シグート王子！」

ただそこに立っているだけで、どこか品のようなものが漂う黒髪のイケメン王子、シグート。

以前見た時よりも、心なしか疲れているように見えるのは、王子としての仕事が忙しいんだろうか？

ともあれ、こうして会えたなら話は早い。俺の用事は、ただ一言リフィネの気持ちを伝えるだけなんだから。

「お願いします、リフィネに会ってあげてください!!」

「……リフィネと？」

「はい。王子とも仲良くしたいって、ずっと寂しがってるんです！　だから……」

お願いしますと、そう言おうとして、俺は言葉を詰まらせた。

俺を見つめる王子の目が、今まで見たこともないくらい冷たく、まるで〝敵〟でも見るかのように細められていたから。

「どうして私が、そのようなことをしなければならない？」

「どうして、って……」

「悪いが、私は忙しい。出来損ないと家族ごっこに興じている時間はないんだ」

「っ、王子‼　そんな言い方……‼」

あまりにも酷《ひど》い言い草に、反射的に食って掛かろうとする。

けれど、ほんの少し……俺にしか分からないくらい一瞬だけシグート王子が浮かべた悲しげな表情を見て、俺の怒りもスッと冷める。

「どうしてもやりたいというのなら、ベルモント家にでも頼め。今の彼らなら、好きなだけ付き合ってくれるだろう」

言うだけ言って、シグート王子は去っていく。

その後ろ姿を、俺はただじっと見送ることしか出来なかった。

「……お嬢様、戻りましょう。今の王子殿下に何を言っても、どうしようもありません」

その場に突っ立ったままになっている俺を見て、見かねたリサが声をかけてくれる。

でも俺は、先ほど目にしたシグート王子の表情と、その言動を思い返すのに必死だった。

どうしてシグート王子は、リフィネに会えないんだ？

わざわざ俺に妹を頼むって言いながら、今になってあんなに突き放した物言いになるのはどうして？

本当に、王子は……リフィネのことが嫌いなのか？

ハッキリ言って、何も分からない。その心の内を全部読むには、俺は王子のことを何も知らな過ぎる。

でも……それでも俺は、やっぱりシグート王子のことを信じたい。あんなに酷いことを言ったのには、何か事情があるんだってことを。

その前提に立つなら、この状況を改善するためのヒントもまた、王子の言葉の中にきっとある。

「リサ、屋敷に戻ったら、お手紙をいくつか用意して貰えますか？」

「手紙ですか？　構いませんが……誰に送るのですか？」

「それはもちろん、王子に言われた通りの相手に」

シグート王子は、こう言っていた。家族ごっこをするなら、ベルモント家を頼れと。

なら……そうさせて貰おう。

「モニカさんと、ベルモント公爵家に送ります」

ユミエが王都に滞在し、連日離宮に通い詰めるようになって一ヶ月。残されたグランベル家は、表面上は普段通りに動いていたが……部外者のモニカにも分かる程度には、どことなくどんよりとした空気が漂っていた。

その空気に名前を付けるのであれば、ホームシックならぬユミエシックと言ったところだろうか？

「はあ……何だか落ち着かないわね。ニール、ちょっとこっちにいらっしゃい」

「母様、俺は流石にもう母親の膝の上で食べさせられるような歳じゃないんだけど」

両手を広げて歓迎の意を示すリリエ・グランベル夫人に、ニールが頬を引き攣らせる。

だが、そんな愛息子の反応に、リリエはショックを受けたように崩れ落ちた。

「そんな……いいじゃない、家の中なのだから少しくらい。身内しか見ていないのだから、恥ずかしがる必要なんてないのよ？」

「今はモニカがいるでしょうに。そうでなくとも、見られるのが身内だから恥ずかしくないなんて理屈は成り立たないから！　ユミエがいないからって、俺を代わりにしないでくれ」

「何を言っているの？　ニールはニールよ、代わりなんかじゃないわ。本当なら、普段からもっと抱っこしてあげたいと思っているのよ」

「なおのこと質《たち》が悪いんだけど⁉」

ぎゃあぎゃあと、親子で仲良く（？）騒ぐリリエとニール。

そんな二人に待ったをかけたのは、グランベル家当主であるカルロット・グランベル伯爵だった。

「お前達、食事の時はもっと静かにしないか。会話をするのは大事だが、それもやり過ぎれば行儀が悪いぞ。全く、ユミエが少し王都に出かけているくらいで情けない」

当主としての貫禄を感じさせる堂々とした言葉で、二人を叱るカルロット。

しかし、叱られた二人はと言えば、そんな彼に胡乱《うろん》な眼差しを向けるばかりだった。

「ユミエそっくりなぬいぐるみを膝の上に乗せてる父様にだけは言われたくない」

「全くだわ。そもそも、そんなものをいつ誰に作らせたの？　私は聞いていないのだけど。どうせユミエにも無断なのよね？　詳しく説明して貰える？」

「むぐっ」

二人がかりで反撃され、カルロットが言葉を詰まらせる。

グランベル領で有名なセナートブティックの娘……マニラが完全な趣味で作ったものを、たまたま目撃したカルロットが金貨を投げ付けるようにして追加で用意して貰った非売品なのだ、という説明を聞きながら、モニカは密《ひそ》かに思う。この家族、大丈夫だろうかと。

（ユミエさんがいなくなった後が、他人事《ひとごと》ながら心配になりますわね）

気持ちは分かりますが、とモニカは心の中で付け加える。

いずれユミエと同じ屋根の下で正式に一緒に暮らしたいという野望を抱くモニカにとっても、ユミエの存在は非常に大きい。

関わった時間でいえば、さして長くはないというのに……その存在は既に、心の奥深くにまで根を張って、離れそうにないのだ。

（私ですらそうなのですから、今頃王宮は大変なことになってるかもしれないですわね）

そんな時にふと思ったのが、ユミエが呼び出された理由……リフィネ・ディア・オルトリアの現状についてだ。

モニカも、別段彼女について詳しく知っているわけではない。何年か前に一度顔を合わせ、急に魔法勝負を吹っ掛けられて酷いことになったので、王家もベルモント家も揃って二度と二人が顔を合わせないようにという形で合意してしまったためだ。

そんな彼女が、ユミエと一ヶ月も関わりを持っている。

ユミエの人たらしの才能を知るモニカとしては、果たしてリフィネは……否、リフィネのみならず〝どこまで〟の人間がその毒牙にかかってしまったのかと、少しの畏《おそ》れと好奇心が芽生えた。

（いくらライバルが増えようと押し退《の》ける自信はありますが、私自身そろそろユミエさんの顔が見たくて仕方ないですし、王宮まで乗り込んでみてもいいかもしれないですわね。後は何か、都合の良い言い訳でもあれば……）

「モニカお嬢様～！」

「あら、カナ？　どうしたんですの？」

何か良い手はないかと思案するモニカの下にやって来たのは、彼女の専属メイドであるカナだった。

今のベルモント家の中で数少ない、心から信頼出来る存在ということでグランベル家まで付いてきたのだが……そんな彼女から渡されたのは、一枚の手紙だった。

「王宮からです。どうやら、ユミエ・グランベル様からのようですね」

「ユミエさんから⁉」

その言葉に反応して、グランベル家の三人から一斉に視線が突き刺さった。

急遽《きゅうきょ》決まった王都滞在の手紙以降、ユミエからの手紙は途絶えていたので……この場の全員が、ユミエからの連絡に飢えていたのである。

なんで家族よりも先に他家の娘に手紙が？　というあまりにも大人げない三つの嫉妬を鋼の意思でスルーしながら、モニカはその内容に目を通した。

どんなことが書かれているだろうかと、少しばかりワクワクしながら目を通したモニカだったが……その内容に、思わず苦笑してしまう。

「どこに行っても、ユミエさんはユミエさんですわね……」

「どういうことだよ？　何が書いてあったんだ？」

「そうですわね、これはグランベル家の皆さんも読んだ方が早いでしょう」

「いいのか？」

「ええ、その方がユミエさんの願いに添えますわ」

嫉妬はしていても、ごく当たり前の常識として他人への手紙を読むことへの忌避を示すニールへ、モニカはそう言ってテーブルの上に手紙を置く。

グランベル家の三人が、揃ってその手紙へ目を通し……すぐに、モニカと似たような表情になった。

――リフィネ王女と、シグート王子。二人の仲を取り持ちたいです。私の大切な友達のために、力を貸してください。

「俺達グランベル家の次は、王家も救ってしまおうということか……流石だな、うちの娘は」

「ええ、私達の自慢で、グランベル家の誇りよ」

「俺としては、また頑張りすぎて無茶やらかさないか心配なんだけどな」

カルロット、リリエ、ニールと、口々にユミエを褒めそやす。最後だけは少しばかり違ったが、ユミエの行いを肯定的に捉えているという意味では同じだろう。

これが、ほんの数ヶ月前までは家庭崩壊の危機にあった家族だと言われても、モニカには到底信じられない。

（それをここまで立て直したのがユミエさんなら……王家の問題も、本当に何とかしてしまうかもしれませんわね）

シグートとリフィネの不仲は、当人達の意識だけでどうにかなる問題ではない。そもそも、シグートが妹のことを疎んじていないことなど、ある程度彼の為人《ひととなり》を知る者なら概《おおむ》ね察している。

それでも二人が不仲であるとされているのは、彼らが〝王族〟だからだ。国を二つに割る二大派閥、王族派と貴族派の旗印として掲げられつつある両者が仲良くするなど、そう簡単に出来ることではない。

だとしても、ユミエならと。そう期待してしまうだけの何かがあった。

（期待していますわよ、ユミエさん。私も、すぐに力になりに行きますわ）

こうして、カルロット達グランベル家と、モニカのベルモント家もまた王都へ向けて動き出す。

ユミエが友達のためにと願ったこの小さなＳＯＳが、この国の未来を左右する分水嶺《ぶんすいれい》になるなど、この時はまだ誰も、想像すら出来なかった。

シグート王子との話し合いの場を設けることが出来なかった俺は、モニカに助けを求める一方で、リフィネには「忙しいからって門前払いされた」とほんの少し真実を伏せて説明したんだが……「ユミエは嘘が下手なのだな」とあっさり見破られてしまった。

嘘ではないと言い張っても、「だが本当のことでもないのだろう？」と取り付く島もない。

実際その通りだから尚更だ。

モニカ達と結託して、何とかシグート王子と引き合わせる手段を考えるつもりではあるけど……最初に俺が言った、〝一ヶ月でリフィネを降参させる〟というのは達成出来なかった。

今日は、負けた分の命令を聞くということで、何がいいかリフィネに尋ねたんだけど……。

「……これでいいんですか？」

「うむ、これがいいのだ」

リフィネが言ったのは、俺と一緒にお泊まりしたい、というものだった。

お泊まりと言っても、王女であるリフィネが外を出歩くわけにはいかないので、俺がリフィネの部屋に一晩泊まるだけだ。それにしたって余所の令嬢と二人っきりで夜を過ごすのはどうかと思うんだが、離宮の人達はみんな俺のことを随分と信用してくれているようで、誰も止めなかったんだ。

ぶっちゃけ、こんなことで良ければ命令なんてなくても聞くんだけど……リフィネとしては、あくまで命令ということにしたかったらしい。

そういうことにした方が、心置きなく一緒にいられるからと。

「ほら、もっと近くに来るのだ」

「ふふふ、了解です、王女様」

ベッドの中でからかうようにそう答えると、リフィネは口をへの字に曲げて不満を露《あら》わにする。

「その呼び方はやめるのだ、ユミエには王女と呼ばれたくない」

ぷいっとそっぽを向くリフィネに、俺はどう反応したものか少し迷う。

子供っぽい我《わ》が儘《まま》みたいな反応だけど、これでも本気で悩んでるってことはよく分かってる。

「ごめんなさい、リフィネ。もう一つ何でもしてあげますから、機嫌を直してください」

「ふむ、そうだな……なら、今晩ユミエはわらわの抱き枕だ、ぎゅっとさせてくれ」

「はい、いいですよ」

どうぞ、と体を寄せれば、リフィネが俺を抱き締める。

まるで、子供がぬいぐるみに甘えるかのような……いや、多分それそのものなんだろう。そう感じた俺は、されるがままに大人しく身を任せた。

しばらくの間そうしていると、リフィネはボソリと口を開く。

「ユミエ……わらわのために動いてくれて、ありがとうなのだ」

「私は私のしたいようにしてるだけです、気にしないでください」

「それでも、やっぱりお礼を言わなきゃならないのだ。だから……もう、何もしなくていい」

「……どうしてですか？」

まさかリフィネから止められると思わなかった俺は、不思議に思って問いかける。

それに対して、リフィネは少し歯切れ悪く答えた。

「兄上がわらわを遠ざけるのには、それなりの訳があると思うのだ。わらわが無理に兄上に関わろうとしたら、これから王になろうとする兄上の邪魔になってしまう気がして……それは、わらわの本意ではない」

「…………」

シグート王子に何か事情があるっていうのは、リフィネ自身も薄々理解していたことらしい。

そしてその理由は、シグートが次期国王という立場にいることに関係するのだろうと。

「だから、わらわは……」

「諦めるんですか？」

小さく頷くリフィネの考えは、俺にも理解できる。

シグート王子は決して家族を蔑ろにして平気でいられる男じゃない。それなのにこういう状況になってるのは、王子であってもどうにもならないような状況だからなんだろう。

行動することで、その状況をより悪化させてしまうリスクがあるのは、もちろんそうなのかもしれないけど……。

「たとえリフィネが諦めても、私は諦めません」

俺がそう断言すると、リフィネは驚いて目を丸くした。

まあ、当事者がもう諦める、迷惑はかけたくないって言ってるのにまだ続けるなんて自分勝手、驚かれて当然だろう。

でも、だからどうした。

「私はリフィネが好きです。ちゃんと笑って欲しい、幸せになって欲しいです！　そのためなら、シグート王子の敵にだってなってみせます！」

「……ユミエは、わらわよりも我が儘なのだな。普通、そこは引くところだと思うぞ？」

「そうですよ、私は我が儘なんです。だから、妥協なんてしたくありません。リフィネが泣いて謝っても幸せにします」

「全く……とんだ負けず嫌いなのだ」

だが、とリフィネが俺を抱き締める力が一際強くなる。

「そんなユミエだから……わらわも、こうして安心出来るのだろうな」

「それは……どういたしまして？」

負けず嫌いはまあ自覚がないこともないが、それと安心が繋がる理由が分からなくて少し戸惑う。

ベッドの中で、俺達はそうして一緒に時間を過ごし……ふと、頬に当たる風を感じて、疑問符を浮かべた。

「リフィネ、私達がベッドに入る前、窓って開いてましたっけ？」

「む？」

リフィネの部屋の窓が開いており、カーテンが風になびき揺れている。

それを見て、リフィネもおかしいなと首を傾げつつ体を起こした。

「正直、あまり意識していなかったのだが……メイが掃除の時に閉め忘れたのだろう。珍しいこともあるものだな」

窓を閉めて、改めてベッドの中に戻って来るリフィネ。

うーん、確かにここに来た時は閉まってたと思うんだけどな……？

そんな不可解な現象に首を傾げながらも、俺達はやがて眠りにつく。

そんな俺達をじっと見つめる、小さな影の存在に気付かないままに。

「……以上で……報告を、終わります……」

王宮のとある部屋の中で、一人の少女が膝を突き、報告を上げていた。

全身をローブで包み隠したその少女は、以前とある湖へ魔物を誘導し、ユミエ達を襲撃させた張本人。

そんな彼女の前にいるのは、当然ながらそれを指示した真の黒幕……アルウェ・ナイトハルトだった。

「なるほど……ユミエ・グランベル、やはり危険ですね」

彼が受けた報告は、ユミエがリフィネに語った言葉の一部始終。王家二人の仲を取り持つためなら、シグートが王座につくことの妨げになることさえ厭《いと》わないという発言だ。

シグートを王座につけることで、側近である自分の権力をより引き上げようと画策しているアルウェにとって、それは看過出来ない思想だった。

「リフィネ王女が急速に社交性を身に着けているのも良くない。このままでは遠からず、貴族派に取り込まれ連中の増長を招くでしょう」

目の前の少女に説明するのではなく、自らの考えを纏めるためだけに口に出して状況を整理する。

アルウェの狙いは、貴族派を叩き潰して王宮を王族派一色に染め上げ、国王の名の下に完全な統治を行うことだ。

貴族達が思い思いに領地を支配し、オルトリア王国という小さな枠組みの中で互いに利益を奪い合う不毛な現状に終止符を打ち、より強固に〝国家〟としての繋がりを強める、新たな体制を築く。

それを成し遂げるためには、旧来の社会構造にしがみつく貴族派の連中は邪魔なのだ。

「さて、どうしたものか……」

思索に耽《ふけ》り、一人で考え込むアルウェ。

そんな彼の前で、少女は微動だにせずひたすら頭《こうべ》を垂れた状態で待ち続けていた。

余計なことをして反感を買えば、どんな目に遭うか……これまで散々、痛みと共に体に刻み付けられてきたのだから。

「王女の方は、まだ利用価値がありますし……やはりここは、あの小娘に消えて貰う他ありませんね」

そんな少女の前で、アルウェはまるで散歩に行くかのような気軽さでそう発言した。

やっぱりそうなるのかと、少女の胸中に暗い気持ちが湧き上がる。

(……あの子には、死んで欲しくなかった)

思い出すのは、ユミエが魔物相手に必死に生き足掻《あが》いていたあの姿。

自分の中にある幸せを噛み締め、それを失うまいと絶望の中でも必死に抗《あらが》い戦う光景は、少女にとって何よりも輝いて見えたのだ。

「あなたには、あの小娘を……ユミエ・グランベルを殺して貰います。その腕があれば、多少の抵抗があったとしても容易いことでしょう？」

それを、この手で消さなければならない。

アルウェからの命令に、「嫌だ」という気持ちが強く湧き上がる。

そんな少女の気持ちに呼応するように、その首に嵌《は》められた奴隷の首輪が光り始めた。

「うぐあぁぁ!?」

全身を貫く激痛に、少女はその場でのたうち回る。

それは、主《あるじ》に逆らおうとした奴隷に対して強制的に下される、隷属契約魔法による〝罰〟だ。どう抵抗しようとしても、逃げ場もなければ抑える手段もないその痛みに、少女は悲鳴を上げ続けた。

「ふむ、最近は減っていましたが……まさかここに来て反抗心が復活するとは。まさか、あの小娘に同情でもしているのですか？」

「はあっ、はあっ、はあっ……!!」

涙や涎《よだれ》でぐしゃぐしゃになった少女の顔を、顎を掴み上げることで無理矢理上げさせる。

光の消えたその瞳を覗きながら、アルウェは淡々と告げた。

「今更何を躊躇うことがあるのです？　どうせあなたの手は、とっくに血で汚れきっているというのに」

「っ……‼」

それはお前がやらせたことだろうと、少女はよほど言い返したかった。

だが、それは出来ない。実際に、全身を襲うこの痛みに屈し、この手で他人の命を奪った経験があることは確かなのだから。

それに。

「それとも……また、あの実験部屋に戻されたいのですか？」

その言葉を聞いた瞬間、少女の体は首輪から与えられた激痛も忘れるほどの恐怖に怯え、震え始める。

少女の記憶に過《よぎ》るのは、奴隷契約の違反による激痛など比にもならない苦痛の日々。

全身を弄《いじく》り回《まわ》され、腕を失い、まるで壊れた人形を適当な材料で修理するかのように異形の腕へと替えられた……もはや、今正気を保っていることが既に奇跡とすら言える毎日を。

「分かったら、早く行きなさい。タイミングは後ほど指示します」

「…………」

小さく頷き、フラフラと部屋を後にする少女。

それを見て、アルウェは深く溜め息を溢す。

「やれやれ、まさかせっかく躾《しつ》けた飼い犬にさえ影響が出るとは……本当に、厄介な小娘だ」

後は崩壊していくばかりだと思っていたグランベル家の立て直しに続き、しっかりと〝調教〟済みだとばかり思っていた少女の心にまで変化が起きている。

何の力も権力すらもないはずの小娘が、二度も自身の予想を上回ってくる事態に、アルウェは小さな焦りを感じ始めていた。

「念の為《ため》、保険をかけておきますか。離宮に私の手勢を送り込んでありますし、それを使って……」

そう呟いて、アルウェは手紙を一通書き始める。

彼はまだ気付いていない。離宮は既に、ユミエとリフィネの二人によって完全に籠絡されきっていることに。

アルウェの持つ手駒の数からすれば、ほんの誤差にも等しいその綻びが、彼の計画を大きく狂わせていくことに。

第二章

誕生祭大作戦

Episode.
02

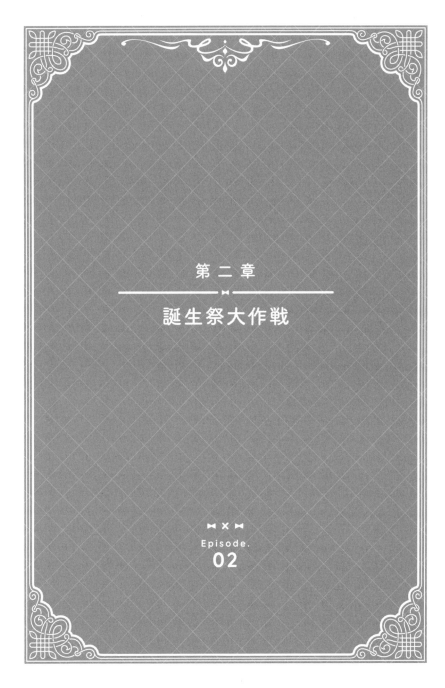

「お嬢様、緊急事態です」

「急にどうしたの？　リサ」

「グランベル家が、王宮を襲撃しました」

「……は？」

離宮で一夜を明かした翌日、リフィネと一緒に朝食を食べていた所へ唐突に届けられた一報に、俺はポカンと口を開けたまま固まってしまう。

襲撃？　グランベル家が、王宮を？　……なんで？

「お嬢様、旦那様達にお手紙は出したのですか？」

「うん？　シグート王子を引っ張り出すのに協力して欲しいって、モニカへの手紙についでに書いておいたけど」

それがどうしたの？　と問うと、リサは困ったように続きを話す。

「それを受けて、旦那様達はちょうど今朝方王都へ到着したらしく……お嬢様が泊まり込みで屋敷にいないと分かった途端、王宮に乗り込んだそうです。『娘を返せ』と、それはもうすごい剣幕で」

「……はい？」

うん、経緯を聞いても、やっぱり一ミリも理解出来ない。

何をどうしたら、リフィネのところにお泊まりしただけの俺を、まるで王宮から取り返すみたいな流れになるのか。

「どこでどう間違って伝わったのか、どうやらシグート王子がお嬢様を手籠《てご》めにするために王宮に連れ込んだと思われているようで……それはもう、娘を取り戻すためなら戦争をも辞さないとばかりに、気勢を上げております」

「本当に何してるの⁉」

ダメだ、どれだけ詳しく聞いても理解出来る気がしない。

ともかく、このままでは家族が王国史上もっともくだらない理由で反逆を起こした貴族ということになってしまう。急いで止めないと。

「リサ、案内して。すぐに行くから」

「承知しました」


朝食もそこそこに、リフィネも連れて王宮の方へ向かうと……本当に、お父様と見覚えのある騎士達が、王宮へ続く門の前で抗議活動を行っていた。

そんなお父様達の前で応対しているのは、なぜか俺を誘拐？　したことになっているシグート王子だ。

まさかこんなことになるなんて、王子にとっても予想外なんだろう。まるで頭痛を堪《こら》えるみたいに、こめかみに指を当てて困り果てていた。

「王子‼　うちの娘はどこにいるのですかな⁉」

「ですから、今は離宮に……僕とは関係ない」

「白々しい‼　いくらうちの娘が可愛《かわい》くて仕方がないからと……娘はやりませんぞ‼」

「伯爵、話が噛《か》み合ってないのだが……」

目の前にいる王子よりもむしろ、周りに聞かせようとしてるんじゃないかってくらいに叫ぶお父様の大声は、離れた場所からでも本当によく聞こえた。

王宮へと続く門があるのは、王都の中でも一番目立つ場所だ。門の中ならばともかく、町中へと伸びる道のど真ん中ともなれば人通りもかなり多くて……そんなところで、親バカ全開の雄叫《おたけ》びを上げる父親を目の当たりにしては、さすがの俺も顔から火が出るんじゃないかってくらい恥ずかしい。

「お父様、何してるんですかぁ――‼」

「おおユミエ、お父さんが迎えに来たぞぉ」

俺が叫びながら駆け寄ると、お父様はさあ飛び込んでこいと言わんばかりに両腕を広げている。

素直に飛び込むのも癪《しゃく》だったので、力の限り体当たりしてみるのだが……残念ながら、俺の体格では大した威力はなかったようで、笑顔のまま受け止められてしまった。ぐぬぬ。

「おお、そんなに寂しかったのか？　よしよし」

「お父様、お髭《ひげ》痛いです……」

思い切り頬擦《ほおず》りしてくるお父様に、俺は苦言を呈するものの……あんまり聞いてる感じはしない。

というか、今の今まで鬼の形相でシグート王子と言い争ってたお父様が、俺が来た途端デレッデレになってるもんだから、道行く人がお化けでも見たかのように驚いた顔になってるんだよね。

お父様、恥ずかしいから離れて。切に。

「そんなことより、これはどういうことですか⁉　お父様、私お手紙に書きましたよね、シグート王子とリフィネ王女を仲直りさせるために協力して欲しいって」

「うむ、それは読んだぞ」

「それがどうしてこんなことになってるんですか⁉」

読んだなら尚更《なおさら》、ここにいるのが俺の意思であることも、シグート王子が関わってないことも分かるだろうに。

そう抗議する俺に、お父様は俺をただ抱き締めて……耳元でボソリと囁《ささや》いた。

「後で詳しく説明する。今はニール達と一緒に離宮にいてくれ、ユミエ」

「……？」

急に真面目なトーンで話されてびっくりした……。

でもまあ、つまりこの状況も何かの作戦ってこと？

それならこの恥ずかしい感じも仕方ない……のか？

「というわけで……王子殿下‼　此度《こたび》の件についてもっと詳しくお話を聞かせて頂かねば、私としても納得いきかねます‼　ユミエは我がグランベル家の宝であり救いの女神‼　その天使のような可愛さは日々磨き上げられ留《とど》まることを知らず……」

いや違う、もし仮にこれが作戦なんだとしても、お父様は完全にこの機に乗じて思うがままに俺の自慢話を披露しようとしてる‼

今すぐ止めなければ、と改めて声を上げようとするのだが、それより早く後ろから伸ばされた手に摑《つか》まれ、止められてしまった。

振り返れば、そこにはお兄様と……モニカまでいる。

「ユミエ、どこも怪我《けが》してないな？　大丈夫だな？」

「怪我なんてどこにもしてないですよ。どうしてそんな心配を？」

本気で心配そうなお兄様に、俺はこてんと首を傾《かし》げる。

そんな俺に、お兄様だけでなくモニカまで明らかにホッとした様子で胸を撫《な》で下ろしていた。

「リフィネ王女は、顔を合わせた相手に急に魔法勝負を吹っ掛けて来るじゃじゃ馬姫だって聞いてたからだよ」

「そうですわ。流石《さすが》に殺されるようなことにはならないとは思っていましたけれど、心配しましたのよ」

「あー」

そういえば、最初の頃はそんな感じだったなぁと、もはや懐かしい記憶を掘り起こす。

最近はすっかり穏当な勝負が板に付いて、昨日もトランプで遊んでたくらいだし。

そうやって昔……といっても先月だけど、その頃の記憶を引っ張り出していると、俺のドレスの裾がちょいちょいと引っ張られた。

今度は誰かと思えば、たった今話題になっていたリフィネだった。

「ユミエ、こやつ等《ら》は誰なのだ?」

「私のお兄様と、モニカ・ベルモント公爵令嬢ですよ。……モニカさんとは会ったことがあるんじゃないですか?」

モニカはリフィネのことをある程度知っていたようだし、離宮に出発する前の反応から見ても、実際に自分が襲われでもしなきゃ、ああはならないだろう。

でも、リフィネは覚えていないのか、「知らないのだ」と首を振る。

「まだ小さい頃の話ですし、無理もありませんわ。……しかし、ユミエさん、随分と懐かれたのですね」

現在リフィネは、俺の背中に隠れるようにしてモニカ達の様子を見ている。

俺より一つ歳上《としうえ》のはずなんだが、これだけ見てるとまるで妹でも出来たみたいだ。

「一ヶ月一緒に過ごしましたから。リフィネも素直で良い子だったので、すぐ仲良くなれましたよ。ね、リフィネ」

「それはその、ユミエが相手だったからであってだな……」

照れ臭そうに答えるリフィネに、ほっこりとした感情が湧き上がる。

可愛いなぁ、と思いながら眺めていると、お兄様が頬を引《ひ》き攣《つ》らせていた。

「ユミエ……結婚の約束とかしてないよな？」

「女の子同士なのに何を言ってるんですかお兄様」

全く、シグート王子の時もだけど、お兄様はどうしてそうすぐに色恋に結び付けてしまうのか。

ほら、リフィネもどうしてそんな話になるのか分からなくてポカーンとしてるし、モニカだって……。

「そうですわよ、〝今はまだ〟女の子同士で結婚するのは無理ですから、適当なこと言わないでくださいまし」

……何だろう、そのうち出来るようになるって確信してるかのようなこの言い方。いや、無理……だよね？

「お話中申し訳ありませんが、お嬢様方。……周囲から非常に注目されておりますので、ひとまず離宮へ向かうというのはどうでしょうか？」

話し込んでいる俺達に、それまで後ろで控えていたリサがそう提案してきた。

……そういえば、まだ王宮の門の前だったよ。お父様も未《いま》だに俺の自慢話を続けてるし。

思い出したら一気に恥ずかしくなってきた俺は、お父様をその場に残し、みんなで離宮へ向かうことに。

最後に一度だけ、シグート王子とリフィネの目が合ったように見えたけど……その場はお互い何も言わず、ただ無言で別れるだけで終わった。

「それで……わざわざ目立つような形で押し掛けてきたのは、どういう意図なんだ？」

王宮内にある、個人的に使用する応接室にて。少しばかりげんなりとした表情で、シグートは目の前にいるカルロットへ問い掛ける。

臣下の前で、少しばかり気持ちを表に出しすぎていると言えなくもない状態だが、そうなるのも無理はないだろう。

何せあれから丸一時間、集まった野次馬達が「なんだ親バカ貴族の暴走か」と呆《あき》れ果てて帰っていくまでずっと、カルロットによる娘自慢演説を聞き続ける羽目になったのだから。

「それはもちろん、王子がユミエにいらん気を起こしてないか確かめるため……というのは半分の半分ほどは冗談で、政治的な意図があってのことです」

「…………」

それはほとんど本気なのではないか？　とシグートは思ったが、一々ツッコミを入れていては話が進まないと、鋼の意思でスルーする。

そんなシグートの努力が実を結んだのか、カルロットはようやく本題に入るべく、テーブルの上に魔道具を設置した。

水晶型の通信魔道具。高価かつ、通信魔法自体がまだまだ問題も多い技術だけに使用される機会は少ないが、有用な場面もまた多い。

たとえば今のように――遠方にいる人間と、リアルタイムで会話するためには。

『シグート王子殿下、お久しぶりでございます。カルロット・グランベルが妻、リリエ・グランベルです。通信越しで失礼致します』

「ああ、久し振りだね、グランベル夫人。細かい作法を気にする必要はないよ、伯爵はともかく、あなたがわざわざこのようなことをするということは、それなりの理由があるのだろう？」

私はともかくとはどういう意味で？　とカルロットが苦言を呈したが、その言葉はシグートのみならず、リリエにまでスルーされてしまう。

何せ、親バカという意味ではカルロットもリリエも変わらないのだが、公的な場であろうとお構いなしにそれを晒《さら》け出《だ》すのは、カルロットとニールの二人だけなのだから。

『あまり長話をして、盗聴でもされては困りますから、単刀直入に申し上げます。私達グランベル家は、ベルモント公爵家と共同で貴族派を纏《まと》め上げ、王族派との合流を目指そうと考えております』

「それはまた……大胆なことを考える」

リリエの言葉に、シグートは思わず顔を顰《しか》める。それが出来れば苦労はない、という表情だ。

当然、そんな反応になることはリリエも織り込み済みだ。

『国王の下に権力を集中し、王国一丸となって諸外国に対応しようとする王族派に対し、地方貴族の権力を高め、個々に内政に注力することで間接的に国力を引き上げようとする貴族派……という建前だけ見れば、確かに両者はそう簡単に相容《あいい》れません。だからこそ、王子殿下もユミエを使ってリフィネ王女を立ち直らせ、貴族派の旗印にしようとしたのでしょう？　貴族派の完全崩壊を防ぐために』

「……ああ、その通りだ」

リリエの問いかけに、シグートは素直に肯定を返す。

王国を二分する巨大派閥が崩れ、一つしか残らない事態になれば、一見すると国は安定するように見える。

しかし、自らの拠《よ》り所《どころ》と権力を失った貴族派の貴族達は、そのまま落ちぶれてはい終わり、というわけにはいかない。最悪の場合、自分達の立場を守るために革命に走る可能性さえあるのだ。

大きな反発が武力衝突に発展してしまえば、それこそ他国の余計な介入を生む。国王が倒れ弱体化した今の王家に、それに対処し切る力はない。

だからこそ、シグートは王族であり、王族派の旗頭でありながらも、今貴族派に倒れられては困るという厄介な悩みを抱えていた。

『しかし、今は状況が異なります。先のベルモント家の不祥事もあり、貴族派内部で特に過激な思想を持った者はいなくなっておりますから、王族派との間である程度妥協点を探るには絶好の機会です』

そもそも、なぜ貴族派が地方分権に拘《こだわ》るのか?

自分達の権力を守りたいというのはもちろんだが……一番大きな理由は、諸外国からの圧力に常に晒されている地方貴族にとって、いざという時に自らの判断で行動を起こせないことに対する、本能的な恐怖心だ。

すなわち……〝王家の指示に従うばかりで、本当に領地を守れるのか？　国のためだと、突然切り捨てられたりしないか？〟と疑念を抱かれている。

王家が、信用されていないのだ。

国王が病に倒れ、政務もまともに執り行えない状態なのだから、無理もない。

『だからこそ今、シグート王子殿下を正式に戴冠させるのです。〝王〟としての権威に、グランベル家、ベルモント家、そしてリフィネ王女の存在を後ろ盾とし、貴族派の人間をある程度王宮議会に引き入れましょう。そうすれば、貴族派の大部分は納得させられるはずです』

「……そう都合よくいくと思うか？」

理屈の上では、出来なくはないかもしれない。だがそれは全て、〝シグートが王として認められれば〟の話だ。

いくら優秀と言われていようと、所詮はまだ十六歳の若造に過ぎないシグートに、自らの命と領地の命運を預けると言ってついてきてくれる者が、果たしてどれだけいるというのか。

今のシグートには、王族派一つ満足に手綱を握ることも出来ていないというのに。

「それを確かめるための試金石を、執り行いましょう」

不安に駆られるシグートへ、カルロットが告げる。

シグートとリフィネが二つの派閥に別れることなく、仲良く過ごせるようにしたいというユミエの願い。

それを聞いたグランベル夫妻が、王国の未来さえも同じテーブルに載せて賭ける、一世一代の大勝負。

「リフィネ王女の誕生祭を執り行います。貴族派も王族派も関係なく招待する大規模な催しの中で、シグート殿下が〝王〟としての資質を示すことが出来たなら、決して無謀な勝負ではなくなるでしょう」

「……失敗すれば、国を割る事態になるかもしれない。それでもグランベル家は、僕に賭けると？」

『ええ。シグート殿下にはその能力があると、私達は確信しております』

何の躊躇《ためら》いもなく断言するリリエに、シグートは言葉を詰まらせる。

どうしてそこまで、と声にならず目で問い掛けるシグートに、カルロットは答えた。

「子供達に、より良い未来を残してやりたい。我々は……いえ、王族派も貴族派も、ほとんどの人間は同じ考えでしょう。だからこそ、終わらせねばならないのです。このくだらない政争を」

『仮に失敗しても、それは私達に見る目がなかっただけのこと。責任は私達が負いますので、どうか王子殿下におかれましては、思うがままに振る舞ってください。それが、王国の未来を切り開くはずです』

それに、とリリエは声だけで微笑《ほほえ》んでみせる。

『私達の可愛いユミエが、王女を変えてみせたのです。ならば、私達も国の一つくらい変えてみせなければ、大人として示しがつきません』

「うむ。ユミエに負けてはいられん。この国の未来を先へ進めるために、今こそ一歩踏み出すのです」

二人の真摯な思いに、シグートは胸を打たれる。

彼自身、分かってはいるのだ。現状維持を続けたところで、いつか破綻することを。

だが……。

「分かった……やってみよう」

そう答えながらも、シグートの心の中には、いつまでも不安ばかりが渦巻いていた。


「リフィネの誕生祭……つまり、国を挙げてリフィネの誕生日をお祝いするってことですか？」

離宮に戻ってきた俺とリフィネの二人は、モニカとお兄様から王国の現状に対する認識の共有と、お父様達の考えた作戦内容の説明を受けていた。

俺のざっくりとした認識に、モニカは「ええ」と頷《うなず》く。

「貴族派の貴族達は、リフィネ王女殿下を新しい旗頭に据えることで、王族派に対抗しようとしていますわ。それを利用し、逆に貴族派を完全にリフィネ王女殿下の下に掌握することで、王家に食い込む形で王族派と合流させる……それが狙いですわ」

リフィネ王女率いる貴族派と、シグート王子率いる王族派。っていう構図にした上で、リフィネの誕生生祭に合わせて二人が仲良くなれば、二つの派閥も溝が埋まって仲良くなると、そういう狙いらしい。

実際には、もっと細かい利害調整や根回し工作なんかがあるらしいんだけど、その辺りはお母様とベルモント家が共同で進めてくれるんだって。

だから俺達の役割は、パーティーの主役となるリフィネを、国を背負う王女……いや、〝王妹殿下〟として相応《ふさわ》しいって思って貰《もら》えるくらい、目一杯輝かせることなんだと。

それから、シグート王子との仲直りもだな。

「お父様、ちゃんと仕事しに来てくれたんですね、良かったです！」

「ユミエさん、あなたの中で父親のイメージはどうなってるんですの？」

「親バカですかね」

俺と一緒にいたいから仕事したくないって駄々を捏《こ》ねたりするし。

そう正直に言ったら、モニカはこれ以上ないほど露骨にドン引きした顔になる。

うん、ごめんお父様、何もフォローできないよ。

「わらわに出来るだろうか、そんな大役が……」

「大丈夫ですよ、私達がついてます。離宮でこれだけみんなに好かれることが出来たリフィネなら、貴族みんなに好かれることだって楽勝です！」

「楽勝ではないと思うが……でも、ユミエがそう言ってくれると、何だか出来そうな気がしてくるな」

ぐっと拳を握って励ます俺に、リフィネも少しだけ肩の力を抜いてくれる。

けれど、すぐに「あっ」と何かを思い出して焦り始めた。

「だが、わらわの服はどれも離宮で過ごすためのもので、そういうパーティーに出るためのものはないのだ……どうしよう……」

「それなら、私の専属デザイナーを紹介しましょうか？　今回のパーティーのために、私も新しく仕立てて貰わないといけないでしょうし」

わざわざ王都まで呼び立てるのは悪いかな？　とは思うけど、王都の店にツテがあるわけでもないし、多分マニラに来てもらうことになるだろう。

パーティーの日まで時間はあることだし、リフィネの分も一緒に用意して貰えれば……。

「それはつまり、ユミエとお揃《そろ》いということか？」

「え？　まあそうなる、でしょうか？」

貴族令嬢のドレス選びは、それ自体が一つの戦場だと教わった。

デザインや色の被《かぶ》りは忌避されるって習ったし、リフィネもそれを気にして……。

「ユミエと一緒……えへへ、嬉《うれ》しいのだ。それなら、頑張れる気がするぞ」

違った、純粋に喜んでた。

よく考えたら、リフィネはあまり王族としての教育を受けてこなかったみたいだし、その辺りのパーティー事情は知らないのか。

マニラなら上手《うま》くやってくれるって信用はしてるけど、こんなにお揃いを喜んでくれてるのに違うドレスにしちゃうのも……。

「あら、いいですわね。それなら、いっそ私達三人で同じデザインにしてしまうのはどうかしら？」

「えっ、モニカさんも？」

まさかモニカまでこの話に乗ってくるとは思わなくて、俺は目を丸くする。

けれど、モニカにはモニカなりの考えがあるらしい。

「私達三人が同じデザインのドレスを着ることで、王家、ベルモント家、グランベル家それぞれが友好関係にあることを示すことが出来ますわ。今回の目的を考えれば、あえて被せるというのも一つの手でしょう」

「なるほど、確かにそうですね」

俺も少し、貴族の常識を詰め込み過ぎて頭が固くなっていたかもしれない。

重要なのは何を意図するかであって、必要とあれば常識も打ち壊してこその貴族だよな、うん、流石はモニカだ。

「それに、ユミエさんとお揃いだなんて美味《おい》しい役目、リフィネ王女だけに持っていかれるのは納得いきませんしね……ふふふ……」

「うわー、悪い顔してるなぁこいつ……」

「誰が悪人面ですの！　というか、そこで俺は関係ない、みたいな顔をしているニール様も無関係ではありませんわよ。あなたもちゃんと、シグート王子と打ち合わせてお揃いにしてくださいな」

「えっ、俺も？」

「当たり前ですわ。これで王子だけ全く関係ない衣装でしたら、ただ貴族派の団結を示すだけで終わるではありませんか」

王族派の象徴であるシグートが、俺と同じグランベル家のお兄様とお揃いになることで友好アピールは完成するのだと、モニカは熱弁する。

なるほど確かに、シグートも巻き込んでみんなで揃えた方が、仲良し感があっていいな。

「兄上ともお揃いに出来るのか……？」

「はい、仮に渋ったとしても、お兄様が説得してくれるはずです！」

「俺かよ⁉　まあそれくらいはやるけどさ」

女の子のドレスとかよく分からんし、と女の子の前で平然と発言するお兄様。

うん、お兄様、めちゃくちゃカッコイイのに、そういうところはまだまだ子供なんだから……やれやれ、これじゃあ婚約者が出来るのはいつになるやら。

「後は、リフィネを立派な女の子に磨き上げるだけですね。今日からたくさん勉強しますよ！」

「うぅ、勉強か……苦手なのだ……」

「じゃあ、今回も勝負としましょうか。宮廷作法縛りでクイズ対決をすれば、きっと楽しいですよ」

「分かった、それなら負けないのだ！」

楽しげに笑うリフィネを見ながら、これなら大丈夫だと小さく微笑む。

後は、シグート王子か……お兄様に説得は任せるとは言ったけど……。

「ちょっと、気になるな……」

思い出すのは、俺が見聞きしたシグート王子のこれまでの言動。

俺のパーティーで初めて会い、「仲良し兄妹《きょうだい》で羨《うらや》ましい」と溢《こぼ》していたこと。

離宮に初めてやって来た時、「リフィネの味方でいてやって欲しい」と口にしていたこと。

リフィネとの仲直りを頼みに行った時、今まで見たこともないくらい冷たく、他人行儀な目を向けられたこと。

それに……ついさっき、リフィネの方をちらっと見ていた彼が浮かべていた、寂しげな表情。

何となくだけど……今はリフィネよりもむしろ、シグート王子の方が心配だ。

「どうした、ユミエ？」

「あ、いえ。……お兄様、シグート王子のことですけど、くれぐれもよろしくお願いしますね」

「？　ああ、分かってるよ」

お兄様なら大丈夫だとは思うけど、友達だからこそ言いづらいこととかもあるかもしれないし。

そんな風に、少しばかりの心配を抱きながら、俺達は新しい目標に向かって動き出すのだった。


「ふぃー、今日も疲れたなぁ」

リフィネの誕生祭が決まって数日、俺はリフィネの勉強に忙殺されていた。

一応、恥を晒さないためにって、新しく教育係の人が配属されたんだけど……俺が一緒にいないと、リフィネの勉強効率が全然違うみたいだから。復習がてら、俺も一緒に指導して貰うことになったのだ。

これがなかなか厳しい人で、一度グランベル家で教わってる俺でもついていくのが大変だったくらいだけど、リフィネもやる気になってるお陰でむしろちょうど良かった。

そんな一日の疲れを癒やすように、俺は夕暮れ時の離宮を散歩してる。

屋敷に帰る前に、ちょっと一人で風に当たりたくなったんだ。

「リフィネの方は順調だ……付け焼き刃だろうと、来月の本番までにはある程度形になる……後は……シグート王子か」

あれから今日まで、相変わらずシグート王子とは一度も会えていない。

お兄様曰《いわ》く、服装を揃えるのは承諾してくれたみたいなんだが、何を話しても上の空でらしくない状態だったみたいだ。

心配だな……と、そんな風に思っていたからだろうか。離宮と王宮を隔てる門の傍《そば》に、所在なく佇《たたず》む人影を見付けてすぐ、俺はすぐにその正体が分かった。

「あれ？　シグート王子？」

「……ユミエか。どうしてこんなところに？」

こちらのセリフですよ、と軽く言い返しながら、俺は王子の傍に向かう。

他に誰もいないからか、王子の目は以前見た通りの優しい光を湛《たた》え……同時に、到底隠しきれないほどの深い疲労の跡が見えた。

「シグート王子、ちゃんと寝てないんですか？」

「そんなことはない、って言いたいところだけど……そうだね、最近はあまり」

家臣達にも怒られたよ、とシグート王子は力なく笑う。

そりゃあ、そんなにくっきりとした隈《くま》を目元に浮かべてたら、誰だって気付くだろう。メイクで誤魔化《ごまか》すにも限度ってものがある。

「王子、お時間はありますか？」

「実はまだ、僕の名前で処理しなきゃならない書類が残ってて……」

「お時間ありますよね？」

「いやだから、ここには少し息抜きに来ただけで、すぐ戻ろうと……」

「お　時　間　あ　り　ま　す　よ　ね？」

「……そう、だね。うん、あるよ」

笑顔の圧力で無理矢理頷かせた俺は、シグート王子の手を引いて、近くのベンチまで向かう。

あまり良い場所とは言えないけど、まさか一国の王子を部屋に連れ込むわけにもいかないし、仕方あるまい。

「王子、さあ、ここに座って、横になってください」

先にベンチへ腰掛けた俺が、空いている隣と膝の上を順番に叩《たた》いて示す。

俺の意図するところは、正確に伝わったんだろう。シグート王子は少し困り顔を見せた。

「いや、流石にそれは……」

「どうせこのまま帰しても、倒れるまで寝ないつもりでしょう？　ちょっと横になるだけでも変わりますから、大人しく観念してください！」

「うわっと⁉」

往生際の悪い王子の手を引いて隣に座らせ、そのまま力尽《ちからず》くで頭を膝の上に押さえつける。

ちょっとばかり暴力的なそのやり方に、さしものシグート王子も呆れていた。

「可愛い女の子の膝枕は、もう少しロマンチックなものだと思っていたよ」

「最初のお誘いに素直に乗っていれば、そうなっていたかもしれませんね。嫌なら、次からは素直に膝枕されてください」

「ふふ……そうするよ。君には敵《かな》わない」

諦めて抵抗を止めたシグート王子の頭を、そっと撫でる。

髪をケアするのは何も令嬢に限った話ではなく、貴族ともなれば男だって最低限のことはするものだ。

それなのに、王子の髪はパサパサしていて、その最低限すらやってないことがよく分かる。

よっぽど無理してるんだろうな、と思った俺は、余計なことは言わずにただ労《いたわ》るように優しく撫で続けた。

「……リフィネの様子はどう？　上手くやれてる？」

そうしていると、シグート王子の方から声をかけてきた。

本音を言えば、今は少しでも寝て欲しいんだけど……やっぱり気になってたからこんなとこ

ろまで来てたんだなと、ちょっぴり嬉しい気持ちにもなる。

「はい、とっても素直でいい子ですよ。最近はお兄様やモニカさんとも一緒に遊べるようになりました」

「そうか……それは良かった」

あまり顔色の良くなかったシグート王子の表情が、少しだけ和らぐ。

口だけでなく、本心からホッとした様子の王子を見て、俺はくすりと笑みを溢した。

「会っていかないんですか？　リフィネに」

「……どんな顔をして会えばいいか、分からない。これまでずっと、僕はあの子を避け続けて来たから」

「でも……それだって、リフィネのためなんですよね？」

国王が倒れ、シグート王子とリフィネの二人にかかる期待が大きくなった。

あまり勉強や政治が得意じゃなかったリフィネを周囲から守るために、王子はリフィネを突き放して……人の目がない離宮へと避難させたんだ。

今回の誕生祭作戦に合わせて、その辺りの事情もうお父様から聞かされている。

案の定、シグート王子は「そうだね」と呟《つぶや》いた。

「そうすることで政治から遠ざけて、リフィネのことを守っているつもりだった。……でも結局、僕の判断はリフィネが成長する機会を奪っただけで、今になってまた、あの子を巻き込むことになっている」

「そうだとしても、リフィネは王子のことを恨んでなんかいません。今もずっと、会いたがっています」

どうしてそんなに頑《かたく》なのか、つい強めの口調で問《と》い質《ただ》してしまう。

それに対して、シグート王子は……これまで聞いたこともないくらい、弱々しい声を絞り出す。

「……怖いんだ、本当は。僕は周りから天才だなんだと持《も》て囃《はや》されていたけれど、実際には何一つ成し遂げられてなんかいない。派閥一つ纏められず、妹一人守ることだって出来ずに……本来なら、僕自身の力だけで、こんなくだらない派閥争いを終わらせなければならなかったのに……この有り様で、僕は民の……父上やみんなの期待に、応えられるのか……？」

「王子……」

いつ見ても堂々としていて、大人とだって対等に渡り合ってるように見えたシグート王子も、心の中では無力感でいっぱいだったらしい。

普段見せない本音が漏れてしまっているのは、やっぱり疲れているからだろう。一晩寝たら、もう二度とこんな風に弱音を吐いてくれなくなるかもしれない。

なら……俺の気持ちも、今のうちにしっかり伝えておくべきだな。

「国王になるからって、何でもかんでも一人で背負う必要なんてありませんよ。もっと周りを頼ってください」

「……十分、頼ってるさ。それでも、足りないんだ」

「頼り方が足りないんです。もっともっと甘えてください」

「何かあれば人を頼ってばかりの王に、誰がついてきてくれるんだ？　ただの無能に率いられた国は、滅ぶだけだ。そうなれば……犠牲になるのはいつだって、何の関係もない無辜《むこ》の民なんだぞ」

「私は、ついていきますよ」

俺の膝に乗せられたシグート王子の顔を上に向けさせ、視線を合わせる。

弱々しく揺れるその黒曜石に似た瞳をじっと見つめ、俺は自分なりの言葉で王子を励ます。

「どれだけたくさん頼っても、王子が何も出来ない人だなんて私は思いません。王子が頼ってくれたなら、それが一番なんだって信じられますから」

「……そんな風に言ってくれるのは、君だけだよ」

「なら、私が一人目です」

少し前に、リフィネを幸せにするためなら、王子の敵にだってなってみせるって言ったことがあるけど……それは何も、不幸にしたいってわけじゃない。俺はリフィネにも、シグート王子にも幸せになって欲しいから。

そのためなら、王子自身の意思や考えにだって逆らってみせる。それだけのことだ。

「国を背負うのが辛《つら》いなら、私にもその重みを分けてください。一人では無理でも、みんなで背負えばきっと国だって支えられるはずです。初めはたった二人でも、一人ずつ仲間を増やして……国民全員私と同じ気持ちになれば、その頃にはもう、あなたは一国を背負う立派な王様ですよ」

ね？　と笑いかけると、シグート王子は少しだけ目を丸くして……思い切り、笑い始めた。

「あははははは！　全く、ユミエは本当に面白いな……国民全員と、友達にでもなるつもりかい？」

「必要ならやってみせますよ。友達百人ならぬ、友達……ええと……この国の人口って、何人でしたっけ……？」

「正確には分からないけど、三千万人くらいかな。一日一人と考えても、十万年かかっちゃうね」

「うぐっ……や、やってみせますよ‼」

そりゃあ国一つなんだから人口も多いだろうと思ってたけど、それにしたって具体的な数字に起こされると無謀過ぎるな。

ちょっとヤケクソになって叫んじゃったけど、流石に荒唐無稽過ぎて呆れられたかな……？

でも、シグート王子はそんな俺の言葉を笑うでもなく、どこかスッキリした表情を浮かべていた。

「ありがとう、ユミエ。少し気が楽になったよ」

「ええと、どういたしまして……？」

本当に今ので楽になったの？　気を使ってない？　大丈夫？

そんな俺の疑念が伝わったのか、王子は少し拗《す》ねたように口を尖《とが》らせてみせる。

「信じてくれるって言ってたのに、早速僕の言葉を疑うのかい？」

「そ、そんなことないですよ！」

「なら、信じて欲しいな。僕はまだ未熟だけど……僕のことを信じてくれる民のことを、失望させたくはないからね」

そう言って、体を起こしたシグート王子が、俺の頭にポンと手を置いた。

「僕は僕なりに、出来ることから頑張ってみるよ。リフィネにも、伝えておいてくれ。……最高の誕生祭にしてみせるって」

「あ……はい、任せてください、シグート王子！」

何はともあれ、シグート王子が前向きになって、リフィネ宛の伝言を託してくれるまでになったなら十分だ。

まずはこのお役目をしっかりと果たすとしよう。

そんな俺に、「あ、それから」と王子が一言付け足す。

「僕のこと、私的な場では〝シグート〟って呼んで欲しいな。リフィネのことはもう呼び捨てなんだろう？」

「え？　でも、流石に次期国王をそう呼ぶのは……」

「……ダメかな？」

眉尻を下げて、悲しそうに問いかける王子様。

リフィネそっくりなその仕草に、俺が逆らうことなんて出来るはずもない。

「分かりました、シグート。せめて今日はゆっくり休んでくださいね、約束ですよ？」

「ああ、約束だ」

そう言って、俺達は手を振って別れた。

誕生祭への心配事が、確かに一つ減ったことを感じながら。


ユミエと別れた後、シグートは大人しく部屋に戻る……前に、一つだけ用事を済ませるべくとある部屋を訪れた。

扉を開けた途端に漂う、薬品の匂い。

看病疲れだろうか、一人の女性がベッドの縁《へり》で眠っているのを見て、ちょうどいいとシグートは思う。

今からする話は、あまり〝母親〟に聞かせたいものでもなかったから。

「……どうした、シグート。私に、トドメでも刺しに来たか……？」

「そんなわけないでしょう……滅多なことを言わないでください、父上」

ベッドの主として横になっているその男こそが、このオルトリア王国の国王、アンゼルバン・ディア・オルトリアだ。

たとえ家族であろうと礼を失するわけにはいかない至高の存在に対し、シグートは最上の敬意と共に頭を下げる。

「陛下。この度は、お話があって参りました」

「まあ、内容は察せられるが……言ってみろ」

「はい。……僕は、王になります」

遠回しに、お前の王座を自分に寄越《よこ》せと発言したに等しいことを、シグートはよく理解していた。

どんな罵声を浴びせられるかと心の内で身構えるシグートだったが、アンゼルバンはただ一言、「そうか……」と呟くのみ。

予想外の反応に、シグートは戸惑うばかりだった。

「よろしいのですか？　父上は……僕の戴冠に反対していると思っていたのですが」

アンゼルバンが病に倒れた時、すぐにでもシグートを国王とし、いち早く新体制を築き上げるべきだと主張する者が多くいた。そんな言葉を切り捨てたのは、他ならぬアンゼルバンだったはずなのだ。

それなのになぜ、と問うシグートに、アンゼルバンは小さく首を横に振る。

「そんなことはない……私の後を継ぐのは、お前しかいないと思っていた……だが、まだ時期が早い……お前には、王たる者の素質はあるが……覚悟までは、まだ備わっていなかったからな……」

「…………」

父の指摘に、シグートは反論する言葉を持たなかった。

事実、彼はこれまで、王として国を背負う意志も覚悟も、持ち合わせてはいなかったのだから。

「今のお前は……少し、マシな顔付きになっている。覚悟というには、足りないが……意志は、固まったようだな……」

「はい。僕を信じてついてきてくれる民がいるのだと、やっと分かりましたから。今は小さなこの種を、必ずや王国全土に咲く大輪へと育て上げてみせます。彼女とならば出来ると、そう信じられましたから」

頭に過《よぎ》るのは、先ほど対面したユミエとの会話。

あなたなら王になれると、立派な人だと言い聞かせてくれた人は何人もいるが、なぜかユミエの言葉だけが深く心を打ったのだ。

この信頼だけは、裏切れない。絶対に、応えてみせると。

「ふふ……青いな……まるで、昔の私を見ているようだ……」

そんなシグートを見て、アンゼルバンは眩《まぶ》しそうに目を細める。

その瞳に映るのは過去の情景か、あるいは未来の羨望か。シグートには分からないが……下手に口を挟むのは憚《はばか》られる。

「だからこそ、忠告しよう……〝王〟という立場は、意志の力だけでどうにかなるものではない……お前も、いつか分かる時が来る……その時は決して、私のように折れてはいかんぞ……王が折れたらどうなるか、お前も身を以《もっ》て知っただろうからな……」

「…………」

アンゼルバンは病に倒れ、こうして寝たきりの暮らしをしている。それは事実だ。

しかし、彼の体は今でこそ枯れ枝のように細く栄養失調になっているが、倒れた当時は健康そのもので、何の問題もなかった。

なぜなら……彼が患ったのは、心の病。

国王としての重圧に耐えきれず、精神を病んでしまった結果なのだから。

「すまなかった、シグート……不甲斐《ふがい》ない父を、許せとは言わん……だからせめて……同じ過ちを、繰り返さないように……お前は、私以上にずっと……優しい子だからな……」

その優しさがいずれ、シグート自身を蝕《むしば》み殺すことになるのではと、アンゼルバンはずっと案じていたのだ。

それを聞いて、シグートは苦笑を漏らす。

「僕は優しくなどありませんよ。ただ……誰よりも心優しい人を知っている、それだけです」

「……そうか……良き出会いが、あったのだな……」

フッと微笑んだアンゼルバンは、無理矢理に体を起こしてベッドの脇にあったテーブルの引き出しへと手を伸ばす。

慌てて手伝おうとするシグートだったが、アンゼルバンはそれを制し、一枚の封筒を差し出した。

「私の、遺書だ……念の為《ため》、書き記しておいたものになるがな。それがあれば……お前の王位継承は、問題なく進められるだろう……」

「……ありがとうございます、陛下」

念の為に目を通すが、遺書としての要件はきちんと満たしているらしい。

まだ存命なのだから要件も何も無いのだが、公的な文書として使用するのだから最低限の体裁が整っているかは重要なのだ。

「それでは、僕はこれで」

「ああ、待て……最後に、一つ」

部屋を後にしようとするシグートを、アンゼルバンは一度だけ呼び止める。

何の話だろうかと振り返った息子に対し、彼はここに来て初めて、純粋な父親としての顔で口を開いた。

「そんなに大切な人なら……出来るだけ早く、抱え込んでおけよ。ライバルが増えてからでは……大変だぞ」

父の思わぬ発言に、シグートは目を瞬かせる。

やがてその内容に理解が及ぶと、困ったように笑いながら答えた。

「残念ながら……その意味では、もう手遅れな気がするよ。何なら、リフィネの誕生祭でもっと増えそうな気がするね」

「ふふふ……随分と、茨の道を選んだようだな。公私ともに」

「全くだよ」

でも、とシグートは呟く。

茨の道だからと諦めるようなら、最初からこの道は選んでいないと。

「どんな結果になっても後悔はしない。全力でやってみるよ。だから……父上も、それまでに少しは元気になってくれると嬉しい」

「ああ……子供達の晴れ舞台だ、ちゃんと見届けるさ」

会話を終え、今度こそ部屋を後にするシグート。

その背中を見送りながら、アンゼルバンはボソリと溢す。

「頑張れよ、シグート……人は必ずしも、人の幸せを喜べる者ばかりじゃないんだ……」


シグートと別れた俺は、王都で滞在するために使っている屋敷に戻るため、馬車の待ち合わせ場所へ向かっていた。

話している間に時間が過ぎたせいで、すっかり日が落ちてしまっている。

「ちょっと散歩してくるって言ったきりだったし、心配かけちゃってるかなぁ……」

そんな意識もあって、俺の足は自然と速くなる。

夜の帳《とばり》が降りた離宮を、自分の庭であるかのように気楽に走り抜けて……その途中。

目の前に、ふらりと人影が現れた。

「あなたは……誰ですか？」

音も気配もなく、突然現れた全身ローブの不審者。

体格がほぼ俺と同じくらいだし、明らかに子供だ。でも、この離宮にいる子供なんてリフィネしかいないはず。

そして……リフィネは、こんな質《たち》の悪い悪戯《いたずら》を仕掛けるような子じゃない。

「……やっと、一人になった。ううん……一人に、なっちゃったね。ずっと、誰かの傍にいればよかったのに……」

質問の答えになってない。いや、そもそもこの子は、俺の言葉に耳を傾けてなんかない。

フードに包まれた顔がゆっくりと上げられ……その中から覗《のぞ》く、悲しげなオッドアイの瞳と視線が交わる。

「そうすれば……私に殺されることもなかったのに」

「え……？」

恐らく女の子のものであろう声がそう言った瞬間、姿が掻《か》き消《き》え……目の前に、闇に紛《まぎ》れるような異形の腕が迫っていた。

「っ……!?」

意味が分からない。状況が摑めない。でも、このままだと死ぬってことだけは本能的に理解させられた。

初撃を回避出来たのは、曲がりなりにもお兄様や騎士の人達と真面目に訓練に励んできた賜《たま》物《もの》だろう。それくらいギリギリのところを、漆黒の鉤爪《かぎづめ》が通過する。

頰を掠《かす》めた一撃が空間を叩き、破裂した大気が生み出す衝撃だけで、俺の体は派手にふっ飛ばされた。

「げほっ……!!」

地面を何度も転がり、息が詰まる。

痛みで涙が出そうだけど、歯を食い縛って無理矢理に体を叩き起こした。

じっと蹲《うずくま》ってるだけじゃ、すぐに殺される。

そんな危機感に駆られての動きだったけど、不思議とその子は俺を追撃することもなく、ただじっと俺を見つめていた。

「本気、出して。私を殺さないと……あなたが、死ぬよ……？」

わざと挑発するようなその物言いに、俺は酷《ひど》く違和感を覚えた。

少し落ち着いた頭で考えれば、この子は俺を殺すために送り込まれた暗殺者だってことは分かる。俺みたいな婚外子を狙ってどうすんの？　って疑問はあるけど、今はそんなことどうでもいい。

今目の前にいるこの子は、俺を殺すことよりも、むしろ……俺に殺されることこそを望んでいるように見える方が、今は重要だ。

「どうしてこんなことを？　誰に命令されたんですか？」

「……言えるわけない」

それだけ言って、女の子は俺に突っ込んでくる。

目にも止まらぬ速さで振り抜かれた腕が、俺の体を切り裂き――事前に用意しておいた魔法による幻影が消えていくのを見て、女の子は残念がるどころか、ホッと息を吐いていた。

「本当は、こんなことしたくないんですよね⁉　その腕だって……！　とても生まれつき持っていたものだとは思えません、一体何があったんですか⁉」

「うるさい、黙れ……！　早く戦って、私を殺して……‼」

「黙りません‼　あなたを止めてみせます‼」

そもそも、俺の魔法じゃあ人を殺す威力なんて出せないし。剣でも持ってれば話は別だけど、お兄様と違って俺は普段から持ち歩くようなことはしていない。

逃げたら他人を巻き込むかもしれないから、それも避けたいし……となれば、残された活路はただ一つ。何とかこの子を説得して、下がらせることだけ。

大丈夫、この子は前に戦った魔物と違って、言葉が通じるんだ。加えて、殺しを愉《たの》しむようなシリアルキラーでもなければ、仕事だからと割り切って、自分の感情を殺せるような大人でもないように見える。

それなら……不可能ってことはないはずだ‼

「くぅ……‼」

次々と迫りくる女の子の攻撃を、俺は魔法を駆使して紙一重で躱《かわ》し続けた。

幸いというか、この子の戦い方はリフィネに似てるから、この一ヶ月間連日のように繰り返した鬼ごっこのような魔法ありの勝負での経験が上手く活《い》きてる。

後は、俺の魔力に限界が来る前に、この子を説得したいんだけど……‼

「お願い、私の話を聞いて‼」

「うあぁぁぁ‼」

ダメだ、何を言ってもまるで止まる気配がない。

避《よ》けるだけじゃあ時間稼ぎすらキツくなってきたし、少しは反撃するしかないか……‼

「《大火《ビッグフレア》》‼」

ただ見せかけの上で大きく強そうにしただけの炎を、女の子に向けて次々放つ。

少しは避けるかな、と思ったけど、女の子は全く気にせず突っ込んできた。

まさか、ただの演出だってバレてる？　と思ったけど……炎を抜けてなんともないっていう結果に、当のその子が一番驚いてる様子だった。

最初から、捨て身のつもりだったのか。

「そういうの……良くないと思う、な‼」

最初の予定とは少し違うけど、隙は隙だ。

俺はもう一つの魔法、《下降気流《ダウンフォール》》を使い、女の子を頭から突風で押さえ付けにかかる。

「くっ……！」

急な風にバランスを崩し、その場に膝を突く女の子。

その拍子に、纏っていたローブが吹き飛び、素顔が完全に露《あら》わになった。

「あなたは……」

傷だらけの体と、青い髪。

顔の半分が腕と同じ不気味な黒色に侵食され、瞳の色がオッドアイになってるのも、あるいはその侵食の影響なのかと思わされる。

でも、何よりも特徴的だったのは、頭から生えた三角耳と、お尻のあたりから伸びるふさふさの尻尾。

獣人族。人間嫌いで有名な、別の大陸に住んでるはずの異種族が……どうしてこんなところに？

「っ……見たな……」

「えーっと……ごめんなさい」

意図したことではなかったけど、見られたくない正体を暴いてしまったことは素直に申し訳ないと思う。

謝罪する私に、獣人の女の子は虚を突かれたような顔になって……。

「一体何の騒ぎだ⁉」

「あれは、ユミエ様と……獣人⁉　なぜここに‼」

ちょうどそのタイミングで、離宮に詰めていた衛兵の人達が集まってきた。

まずい……魔法を扱える騎士ならともかく、ただの衛兵じゃこの子は止められない……‼

「っ……‼」

予想通りというか、女の子は自分を包囲しようとする衛兵の方に突っ込んでいき、異形の腕を繰り出した。

それを見て、俺は躊躇《ちゅうちょ》なく両者の間に体を割り込ませる。もちろん、魔法で最低限自分の身は守りながらだ。

驚愕《きょうがく》に見開かれた女の子の瞳と、視線を交錯させながら……殴り飛ばされた俺は、さっきよりもずっと勢いよく吹っ飛んで地面に叩き付けられた。

「げほっ……!!」

全身、バラバラになったかと思った。

咳《せ》き込んだ口から血が出て、意識が朦朧《もうろう》とする。

でも、俺が咄嗟《とっさ》に庇《かば》った衛兵の人はなんとか無事だったみたいだ。良かった。

「ユミエ様!!」

「くっ、おのれぇ!!　許さんぞ!!」

「なんだ、何が起きている!?」

そうこうしている間にも、人はどんどん集まってくる。

流石にこの数に囲まれた中で目的を達成するのは無理だと思ったのか、女の子は少しだけホッとしたような表情を浮かべ、その場から一目散に逃げ出した。

「逃がすな、追え!!」

「待ってくれ、ユミエ様が……!!」

「チームを分ける、追撃班は俺に続いてヤツを追う、残りの者はユミエ様を医務室へ運べ!!これ以上傷付けるな!!」

「はっ!!」

慌ただしく動き回る衛兵達の声を聞きながら、一段落して気が抜けた俺は、そのまま意識を手放し目を閉じるのだった。


「うぐっ……!!」

「失敗した？　……そんな一言で、私が納得するとでも？」

「うあ、あぁぁ……!!」

ユミエの暗殺に失敗した少女は、アルウェの下に戻ったところで奴隷の首輪による隷属の苦痛を味わわされていた。

足下に転がる少女の体を足蹴にしながら、アルウェは不機嫌そうに吐き捨てる。

実のところ、ユミエの暗殺はもっと早い段階でさっくりと終わらせる予定だった。

しかし、ユミエがそれよりも早く家族へ出したＳＯＳにより、グランベル家の騎士達が王都へ押し寄せ、結果として王宮、離宮共に警備体制が強化されてしまい、いくら内部に協力者の多いアルウェでもそう簡単に手出し出来ない状況になっていたのだ。

それでも、何とか隙を見て獣人の少女を忍び込ませ、一人でいるところを襲撃させたのだが……予想よりも衛兵の集まりが早かったため、ユミエに凌《しの》がれてしまったというのが今回の顚《てん》末《まつ》だった。

（離宮に送り込んだ使用人から、あのタイミングならと聞かされていたのですがね……ちっ、使えない。せめてもう少し、私に近しい者にするべきでしたか）

離宮に送り込んだ手駒といっても、露骨に側近を送り込めばシグートや貴族派から睨《にら》まれてしまうため、何人か人を挟んだ上での間接的な繫《つな》がりしかない使用人だ。当の使用人は、アルウェの息がかかった配置に自分がいるだなどとは夢にも思っていないため、忠誠心など皆無である。

だからこそ、なぜか急に離宮の人員配置やユミエの行動パターンなどを近縁者に聞かれ不審に思ったその使用人が、それとなく衛兵達に気を付けるよう声をかけていた。それが、今回ユミエの下にいち早く衛兵達が大勢駆け付けることの出来た理由である。

本来なら、こんな奇跡は起きるはずもなかっただろう。衛兵に告げ口するということは、自らが機密を漏らした元凶かもしれないと自白するに等しい行為である以上、大抵の使用人は不穏な気配を感じても見て見ぬふりをするものだ。

しかし、離宮の使用人は動いた。ただただ、ユミエのために。自らの主《あるじ》たるリフィネの心を救い、真人間にしてくれたユミエを助けたい一心で。

その事実に、アルウェは気付けない。人を駒として扱い、利害によって結び付きを強めてきた彼にとって、〝人情〟がそれを上回るなどということは想像の埒外《らちがい》なのだ。

「はあ……まあいいでしょう。今回のところは、私にとってもそう悪くない流れです」

シグートとグランベル家、そしてベルモント家が共同で提唱したリフィネの誕生祭と、その裏で進められている王族派・貴族派の和解工作。それは、自らの手勢で王国の中枢を支配したいと考えているアルウェにとって、理想とは言えない流れだが……今回はあくまで、貴族派の方から王族派に取り込まれるような形だ。

どう考えても、貴族派は王族派の下になり、実質的な権力は王族派が占める流れになるだろう。そうでなければ、王族派の貴族達が納得しない。

事実上の貴族派解体となれば、アルウェの目的は達成されたも同然である。

「イレギュラーとなり得るユミエ・グランベルを排除してから本番を迎えたかったですが……いくら何でも、小娘一人にこの政情を変えるなど不可能でしょう。シグート王子やグランベル、ベルモント両家が何を企《たくら》んでいるか知りませんが……もはや未来は決まったも同然。精々足掻《あが》くといいでしょう」

ククク ッ、と昏《くら》い笑みを浮かべるアルウェの前で、息を荒らげ床に倒れたままになっている獣人の少女は思う。本当に、そうだろうかと。

（あの人達、みんな……きらきら、してたな……）

ユミエを助けに来た衛兵達は、騎士とは比べるまでもなく弱い。事実、少女がユミエを殴り飛ばした時、ほとんど反応すら出来ていなかった。

実力差は、十分に分かったはず。それなのに彼らは、ユミエを傷付けた少女に怒りを燃やし、ユミエを守るために武器を構えていた。

それほどまでに、彼らはユミエという一個人に心酔していたのだ。

（あの子なら……もしかしたら……）

このどうしようもない状況を、変えられるのかもしれない。

まだ自身の本当の名すら明かしていないその少女は、アルウェと全く正反対の希望を胸に抱きながら、主人に対して冷たい眼差《まなざ》しを注ぎ続けていた。


「ユミエ……本当にもう大丈夫なのか……？」

「大丈夫ですよ、ほらこの通り、元気いっぱいです！」

俺が離宮内で暗殺されかかった翌日、俺は元気になった体をリフィネにアピールするべく、ベッドの上で宙返りしてみせる。

ぽすん、と飛び跳ねた割にはやけに小さな着地音に我ながらちょっと悲しい気持ちになりながらも、これで安心して貰えるなら……。

「大丈夫なわけないでしょう、せめてもう一日は絶対安静と言われたでしょうに」

「あいたっ」

そんな俺を、扇子の紙の部分で優しくペシンと叩いて座らせたのはモニカだった。

眉間に深い皺《しわ》を刻みながら、そのまま長いお説教タイムに入っていく。

「大体、暗殺者に襲われたならすぐに助けを求めるべきです、なんで自分一人で解決しようとしてるんですの⁉　しかも守られるべき令嬢が衛兵を庇うなど——そもそも——だから——」

あまりにも長いそのお説教に、俺も段々と小さくなりながら、気付けばベッドの上で正座していた。

モニカ、なんだかお母様みたいだ……怖い。

「はぁ……ともあれ、本当に無事で良かったですわ。私、ユミエさんが暗殺者に襲われたと聞いて、本当に心配しましたのよ」

怒り顔から一転して、今にも泣きそうな表情で俺を抱き締めるモニカ。

本当に心配してくれてたんだなって伝わってきて、俺も申し訳ない気持ちになる。

「ごめんなさい。それから、心配してくれてありがとうございます。次はもう少し頑張りますね」

「次なんてないようにしてくださいまし。もうっ」

またしても怒られてしまい、乾いた笑みが溢れる。

そんな俺達を見たリフィネにもまた同じように抱き締められて……本当に俺は恵まれてるなって、不謹慎にも嬉しくなった。

「それで、ユミエ……お前を襲った相手、獣人族だったたって本当なのか？」

「はい、間違いないです、お兄様」

そうしていると、お兄様がいつになく真剣な顔で問い掛けてきた。

あの子にも何か事情があるんだろう、とは思うけど、止めるためにも一度捕まえないとどうにもならない。

そんな理由から、包み隠さず全てを話す俺に、お兄様は重々しい口調で言った。

「ユミエ、明日からは絶対に一人になるなよ。最低でもグランベル家の騎士は誰か常に傍に置いておけ」

「お兄様……？」

一人になるな、は分かるけど、グランベル家の騎士というのをやけに強調してるのはなんでだろう？

そんな俺の疑問を感じたのか、お兄様は少し言いづらそうに答えた。

「これはあくまで、シグートのヤツから聞いた受け売りなんだけどな……いくらなんでも、獣人の暗殺者を離宮の中に引き入れるのは、内部の人間しかまず無理らしい」

「つまり、お兄様は離宮内に今回の暗殺を手引きした人がいると思ってるんですか？」

「ああ」

「そ、そんな……」

お兄様が頷いたことで、誰よりも顔を青くしたのはリフィネだった。

ここまで頑張って仲良くなったのに、その中に裏切り者がいるかもしれない。そんなことを聞かされて、平静でいられる方がおかしいだろう。

だからこそ、俺はリフィネを安心させるように声をかけた。

「大丈夫ですよ、リフィネ。まだ悪い人がいるって決まったわけではないですし。ですよね、お兄様？」

「まあ、それはそうだよ。離宮じゃなくて、王宮の権力者でも同じことは出来るだろうし……本人に自覚はないまま利用された可能性だってある」

実際、今回の事件を受けて、「犯人が身内にいるかもしれない」と自首してきた使用人がいたらしい。そっちはお父様が今対応してるみたいなんだけど、少なくとも本人は直接関わったわけじゃないだろうと。

「ただ、まだ本当にいないって決まったわけじゃないから、油断だけはして欲しくないんだよ。ユミエは特に、誰が相手でもすぐに信じてついていきそうだし」

「そ、そんなことないです、よ……？」

子供じゃあるまいし、って否定したいのに、お兄様の目が冗談でも何でもなく、本気でそれを心配していると分かってしまうせいで、強く言い返せなかった。

というか、モニカとリフィネまで同じような目で俺を見てる。

「確かに、ユミエさんならあり得ますわ。くれぐれも気を付けてくださいまし」

「ユミエが優しいことはよく知っているが、だからって誰彼構わず優しくしてはダメなのだぞ」

「そ、そんなにですか……」

「当たり前だろ。だってユミエ……自分を殺そうとした暗殺者にまで同情してるだろ」

お兄様の指摘に、うぐっ、と声を詰まらせる。

突き刺さるジトーっとした眼差しを必死に誤魔化そうと口笛を吹くも、緊張のせいか何の音も出ることなく、ただ空気が抜けていく。

「だってあの子……誰も殺したくないって、ずっと泣き叫びながら戦っていましたから……」

ついに耐えかねて、俺は本心をそのまま吐露した。

本当に声に出して泣いてたわけじゃないけど、あんなに悲しそうな顔で、殺してくれと言わんばかりに突っ込んで来る姿を見たら、誰だって心の声が聞こえて来ると思う。

そんな俺の言葉に、お兄様は深い溜め息《いき》を溢して……ポンポンと、俺の頭を撫で始めた。

「まあ、ユミエがそんな子だったから、俺達はちゃんと兄妹になれたんだ。俺は好きだよ、ユミエのそういうところ」

「お兄様……！」

「だけど、それで自分が危ない目に遭うのはダメだ。お前が他人に優しくした分、お前のことを大切に思ってる人も増えてるってこと、忘れるなよ」

「わ、分かってますよ。でも……ありがとうございます」

自分を大切に思ってくれている人達がいる。それだけで、こんな小言でもすごく嬉しい。

ただ、やっぱりあんまり納得してくれていないのか、お兄様はとんでもないことを言い出した。

「よし、それじゃあ早速今日から俺と一緒に寝ような、ユミエ」

「え、いいんですか？」

お兄様とは兄妹だけど、年頃の男女でもあるから、あまり一緒に寝るのはいいことじゃないとされている。

だけど、お兄様はそれがどうしたとばかりに堂々と胸を張った。

「今回は緊急事態だからな、大義名分はバッチリだ！」

「なるほど、それもそうですね！」

「いいわけないでしょう⁉　グランベル家にも王宮にも女性騎士はいるのですから、そちらを手配しなさいな。それに、一緒に寝るというのなら、リフィネ王女殿下の方がいいですわ」

「え、わらわか？」

きょとん、と目を丸くするリフィネに、モニカは神妙に頷いた。

「ええ、ユミエさんが離宮で襲撃されたということは、王女殿下も狙われないとも限りません。護衛対象が固まっていた方がより強固な警備が敷けますし、合理的でしょう？」

「なるほど、確かにそうかもしれないですね」

そうなった場合、兄妹ならだけまだしも、王女とお兄様が同じ部屋で寝るのは大問題だ。だからモニカは、お兄様が一緒なのはダメだって言ってるんだろう。

うーん、残念だけど、仕方ないか……。

「そうですわ。そして私が一緒に寝ることで、ベルモント家の護衛騎士も一緒に護衛に参加することが出来ますから、より完璧な警護になるでしょう。ということで、私達三人で寝ましょうね」

「おい待てモニカ！　お前めちゃくちゃ理屈を捏ねくり回して、実はユミエと一緒に寝たいだけじゃないのか⁉」

「あら、私はただ純粋にユミエさんと王女殿下の身の安全を第一に考えているだけですわよ、言いがかりはほどほどにして欲しいですわ、おほほほ」

お兄様とモニカが変な言い争いを始めたけど、二人とも俺達を心配してくれてる心は本物なんだろう。だから、お兄様も文句は言いつつ反対はしてない。

いつも通りの、特に意味もない無駄な口喧嘩《くちげんか》。それを見ていると、知らず知らずのうちに入っていた肩の力が抜けていくのを感じる。

……自分でもあまり意識はしてなかったけど、暗殺の対象なんかにされて、俺自身ちょっと心が参りかけてたのかもしれない。

それを自覚した俺は、未だあーだこーだ言ってる二人に纏めて抱き着いた。

「お兄様、モニカさんも、ありがとうございます。えへへ」

「おっと……ユミエを守るって約束したからな、当然だろ？」

「そうですわ、私だってユミエさんに恩返ししたいと思っていますのよ」

「それでもですよ、二人とも大好きです」

思ったままの言葉で笑いかけると、二人とも照れたように顔を赤くする。

そんな俺達を見て、リフィネはどこか複雑そうな顔をしていた。

「あれ、どうしました？　リフィネ」

「いや……やっぱり、ユミエはすごいなと思っただけなのだ。わらわにも、少しはユミエのように出来れば良いのだが……」

……俺だってこれだけ不安なんだから、リフィネも同じか、それ以上に不安になってて当然か。だから、この状況でも元気になれた俺に、そんな感情を抱いたのかもしれない。

それなら、他ならぬ俺が、リフィネの勘違いを一つ正してあげないといけないと振り返る。

「私みたいになんてする必要はないですよ。リフィネには、リフィネにしかない強さがちゃんとありますから」

「……そんなもの、あるだろうか」

「ありますよ。私はちゃんと知ってます」

こう言ったら不敬かもしれないけど……リフィネは、俺と少し境遇が似てると思う。小さい頃からずっと、誰も味方がいなくて、最近になってようやくそれを手に入れた。

でも……前世の意識が混ざってやっと心を立ち直らせた俺と違って、リフィネはたった一人でも頑張り続けていた。

誰に認められなくても、自分の存在を示すように笑って、離宮を訪れた人達に自分なりの方法で真《ま》っ直《す》ぐぶつかり続けていたんだ。

それは、誰にでも出来ることじゃない。

「リフィネの笑顔は、みんなを元気にする魔法の笑顔です。自信を持ってください」

「………………」

ね？　と語り掛けると……なぜか、リフィネは胡乱《うろん》な顔になる。

あれ？　何か間違った？

「魔法の笑顔は、それこそユミエのことを言うと思うのだ。わらわじゃ足下にも及ばないぞ」

「え⁉」

そんなことはないと思う、と言おうと思ったんだけど……周りを見れば、お兄様とモニカも似たような顔をしていた。

「ユミエって、自分のことはとことん無自覚だよな……」

「この調子だと、これから先も一生犠牲者を増やしていきそうですわね」

「えぇ⁉」

犠牲者って何⁉　俺何か悪いことしたの⁉

大慌てで問いかける俺に、モニカはそういうところですわと曖昧な言葉を返すばかりで、俺は余計に焦ってしまう。

そんな俺を見て、リフィネは思い切り噴き出した。

「わははは！　やっぱり、ユミエはすごいのだ。でも……それでいいのかもしれないな」

リフィネが俺の手を握り、にこりと笑う。

俺の足下にも及ばない、なんて言ってたけど……やっぱり俺の目には、その笑顔は誰よりも力強く輝いて見えた。

「勝負だぞ、ユミエ。誕生祭では、わらわの笑顔で……ユミエの言う通りの、ユミエ以上の人気者になってみせるのだ」

「……そうですね、勝負といきましょう。二人で最高の笑顔を見せて、集まった人達を……敵も味方も関係なく、みんな虜《とりこ》にしちゃいましょう！」

そうすれば、暗殺も何もなくなりますからね、と二人で笑い合う俺達を見て、お兄様とモニカが苦笑していた。

「普通なら、どんだけお花畑な理想論だよって笑うところなんだけどな」

「この二人なら、本当にそうなりそうで怖いですわ」

そんな風に、賑やかな会話を交わしながら……リフィネの誕生祭へ向けた準備は、俺達と関係ないところでも、着々と進んでいって。

この日からちょうど一ヶ月後、ついにその当日を迎える。

第三章

誕生祭、開幕

Episode.
03

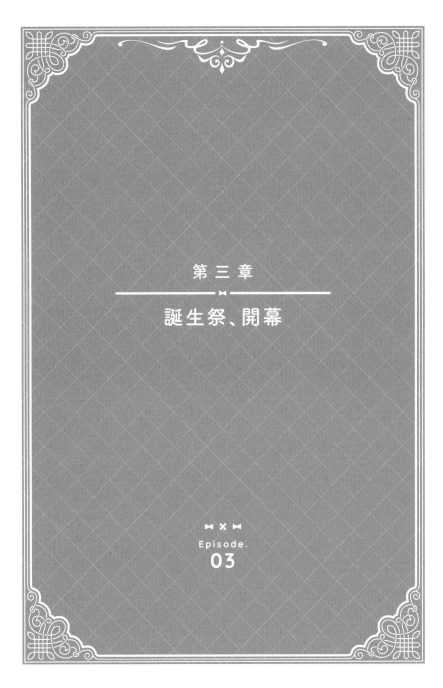

「ふわぁ～……!!　皆様、とてもお綺麗《きれい》です……!!」

きらきらと、これ以上ないくらい見開かれた目を輝かせるのは、セナートブティックのオーナーの娘、マニラ。グランベル領で活動しているデザイナーなんだけど、今回のリフィネの誕生祭のためにわざわざ王都まで来てくれたんだ。

そんな彼女が熱い視線を送るのは、彼女が手ずからデザインしてくれたお揃《そろ》いのドレスに身を包む、俺とリフィネ、モニカの三人だ。

お揃いと言っても、イメージカラーはそれぞれ違う。全体的に白がメインの俺に対して、リフィネは黄色、モニカは赤色って感じ。全員それぞれの個性を際立たせながらも、お揃いの衣装だってすぐに分かる絶妙なバランス感覚は、流石《さすが》はプロの仕事ぶり。俺だけでなく、普段から煌《きら》びやかなドレスを見慣れてるモニカにとっても大満足だったようで、マニラに優しく微笑《ほほえ》みかけている。

「ふふふ、あなたもその歳《とし》でいい腕前ですわね。ユミエさんの専属でなければ、ベルモント家に招待したいほどですわ」

「ほ、本当ですか!?　……あ、いえ、これは私の腕を認めて頂けて嬉《うれ》しいというだけで、私はユミエ様一筋ですからね!!」

大慌てで俺に補足を入れるマニラに、そんなに気にしなくていいと苦笑気味に答える。

誰だって、褒めて貰《もら》えたら嬉しいのは当たり前だからな。より良い条件のところに鞍替《くらが》えするのも普通だと思うし、仮にマニラがモニカのところに行きたいと思ったとしても仕方ないと思う。

でも……やっぱり、マニラがいなくなるのは嫌だから、ちょっとだけ引き留めるために言葉を尽くす。

「私にはマニラさんが必要ですから……何か不満ややって欲しいことがあったら言ってくださいね？　マニラさんのためなら、何でもしてあげますよ」

「な、何でも……ぶふっ」

「えっ、マニラさん、大丈夫ですか⁉」

「だ、大丈夫です、ちょっと妄想で興奮……じゃなくて、よくあることですから……‼」

いきなり鼻血を噴き出したマニラを支えるために抱き寄せようとするも、せっかくのドレスを血で汚すわけにはいかないからと避けられてしまった。

正直、それを気にしてる場合かってくらい血が出てるから、すぐに助けを呼ぼうとして……それより早く、隣の部屋から入って来たマニラのお母さん、セリアナさんに抱き留められた。

「全くこの子は……すみません、お嬢様方。この子もこんな大仕事は初めてで、舞い上がっているようです」

「私は気にしていませんから、大丈夫ですよ」

頭を下げるセリアナさんにそう答えながら、俺はその後ろ……隣の部屋へ続く扉の先をチラチラと見る。

そんな俺の視線に気付いたのか、セリアナさんは微笑ましそうに笑いながら、その先を示すように道を開けてくれた。

「お二人の準備ももう終わっていますよ。王子殿下、ニール様、こちらへどうぞ」

セリアナさんの言葉に導かれて、俺達の部屋に二人の少年が入って来る。

お揃いの礼服に身を包んだその姿は、本来の年齢を忘れさせるくらい大人っぽくて、凛々《りり》しくて……思わず見惚《みと》れてしまうくらいカッコよかった。

「ユミエ、今日のドレスは一段と可愛《かわい》いな！　なんていうかな、もうこのまま屋敷に連れ帰って飾っときたいくらいだよ。有象無象の男どもになんて見せずに独占したいっていうの？　お前もそう思うだろ？　シグート」

「まあ、気持ちは分かるけど、ニールはもう少しその独占欲とシスコンぶりを隠した方がいいと思うね」

開口一番に俺のことを褒めちぎるお兄様と、同意を求められて苦笑で返すシグート。

見た目が変わっても中身はそのままの二人に、思わず笑ってしまいそうになっていると、シグートもまた俺達を見てコメントを口にした。

「ユミエ、それにモニカ嬢も、とても似合っているよ。どんな高価な宝石よりも輝いて見える」

「ありがとうございます、シグート」

「お褒め頂き光栄ですわ、王子殿下」

お兄様と違って、モニカにもちゃんと言及しているところがしっかりしてる。

というか、お兄様は本当に俺しか見てないんだなって分かって、嬉しいやら恥ずかしいやら複雑な気持ちだ。

「それから……リフィネも。とても……可愛いよ」

「えと、その……ありがとう、なのだ……兄上」

一方で、しっかり者のシグートでも、数年間距離を置いていた妹への褒め言葉となるとスムーズには出て来ないらしい。そんな兄の緊張が伝わったのか、リフィネも嬉しそうにしつつ少し戸惑い気味だ。

じれったい二人の様子をやきもきしながら見守っていたら、お兄様がシグートのお尻を文字通り蹴っ飛ばした。

「痛っ!? 何するんだ、ニール」

「お前がシャキッとしないからだろ。ほら、近いうちに国王になろうって男が、妹にくらいハッキリ物を言えなくてどうするんだ」

「はあ……困ったことに、ニールの言う通りだね。本当に、困ったことに」

「おい、なんで二回言った？」

お兄様からの苦言を無視して、シグートの方からリフィネへ一歩踏み出す。

そして……リフィネの前で膝を突くと、手を差し伸べた。

「僕の愛《いと》しい姫君。どうか、可憐《かれん》なあなたをエスコートする栄誉を、僕にいただけませんか?」

「よ……喜んで、なのだ!」

カチコチのまま、差し出された手を取るリフィネ。

あまりに固くなりすぎて、一歩動いただけで足がもつれそうになっていたけど……そんなリフィネを、シグートはそっと抱き支える。

「あ……」

「大丈夫? 今日はリフィネが主役だけど、無理はしなくていい。何かあっても、僕がフォローして……」

「い、いや……嬉しいが、大丈夫なのだ」

首を振ってシグートの言葉を遮ったリフィネは、しっかりと自分の足で立ち、立派な王族らしくキリッとした仕草でシグートに腕を絡めた。そのまま、一度深呼吸して気持ちを落ち着けると……にかっと、リフィネらしい元気な笑顔を見せる。

「ユミエと約束したのだ。集まった人達を、みんなわらわ達の虜《とりこ》にしてみせると。誰にも負けない魔法の笑顔で、兄上の味方をたくさん増やしてみせるから……ちゃんと隣で、見守っていて欲しいのだ」

「……分かった、期待して待っているよ、リフィネ」

「うむ……！」

まだまだぎこちないけど……二人はちゃんと、元の〝兄妹《きょうだい》〟に戻れたみたいだ。

これなら大丈夫だと、そう安心した俺の傍《そば》に、モニカとお兄様も集まって来る。

「良かったですわね、ちゃんと仲直り出来たようで」

「全く、シグートも何だかんだ世話が焼けるんだから。困ったもんだよ」

「お兄様、一応聞きますが、お兄様が焼いて貰ったお世話とどちらが多いですか？」

「……ユミエ、それは聞かないでくれ」

俺の質問に、お兄様はそっと目を逸《そ》らす。うん、知ってた。

「皆さん、そろそろ始まりますよ。準備は良いですか？」

そうこうしていると、メイドが俺達を呼びにやって来た。

すぐに行くと答えながら、俺達はそれぞれに視線を交わす。

「それじゃあ、行こうか」

シグートの一声で、俺達は歩き出した。

派閥の融和、王家の未来、俺達の願い……色んなものを懸けたリフィネの誕生祭が、いよいよ始まる。

ついに、わらわにとって生まれて初めての、大規模な誕生祭が始まる。その会場へ向かって歩いていきながら、わらわは緊張のあまりごくりと唾《つば》を呑《の》み込んだ。

本当に小さい頃、兄上やメイに祝って貰ったりしたこともあったのだが……貴族達を招いて、こんな風にイベントとして大々的に祝われるのは初めてなのだ。

そこに集まっているのは、何もわらわに友好的なものばかりではない。王家に招かれたから断るに断れなかった者、兄上の対抗馬として何とか利用できないかと品定めしに来た者、他にも色々と……たくさんの思惑を抱えて、貴族達はこのパーティーへ参加していると、みんなから聞かされた。

そんな貴族達の前で、わらわはちゃんと王族らしく振る舞えるだろうか。

このパーティーを皮切りに、王都の町中ではわらわを祝うお祭りは一週間開かれ、最終日には兄上の王位継承を宣言して幕を閉じるスケジュールになっているのだが……このパーティーで失敗すれば、最悪の場合、戴冠は保留になるらしい。

つまり……わらわが失敗したら、兄上の王位継承を邪魔することになってしまうのだ。

王族としての品位を示し、兄上との仲が良好であることを示し、王家は健在であると……わらわと兄上がいれば国は安泰なのだと、内外に示す立ち回り。

王族派も貴族派も関係なく、誰もが納得するような振る舞いを……わらわなんかが……。

「リフィネ、大丈夫」

そんなわらわの緊張が伝わったのか、兄上がわらわに笑みを向けた。

小さい頃と変わらない、優しい笑顔。だが、もう何年も見ることが叶《かな》わず、この先もずっと見られないのではないかと思っていた顔。

記憶にあるよりも大人びて、本当に王様のように力強いその表情が、わらわを勇気づけてくれた。

「僕が……僕らが、ついてる」

「そうですよ、リフィネ」

兄上に続いて、反対側を歩くユミエからも声をかけられる。

わらわにとっての、救世主。このままずっと、離宮の中で寂しく一生を終えると思っていたわらわの毎日を、あっという間に変えてしまった女の子。

そんなユミエが、わらわに笑いかける。

「リフィネはもう一人じゃないです。それに……リフィネのことを知れば、絶対にみんなが好きになってくれますよ。自信を持ってください」

その笑顔を見ているだけで、わらわの中に不思議と勇気が湧いてくる。ただ笑いかけられているだけなのに、心が自然とそれを喜び、その想《おも》いに応えたいと思わされるのだ。

ユミエはわらわのことを魔法の笑顔と言ったが、やはりその呼び名はユミエの方がずっと相《ふさ》応《わ》しいな。

だが……そんなユミエだからこそ、やはり負けたくないと思う。

兄上にとっても……ユミエにとっても、自慢の妹であり、友であると思って貰えるような、そんな自分でありたいから。

「当然なのだ！　見ていてくれ、ユミエ、兄上。モニカにニールも……わらわの勇姿を、目に焼き付けるのだ」

無駄にカッコつけるわらわを笑うこともなく、新たな友人達もまた笑顔で送り出してくれる。

兄上と組んだ腕に意識を向け、ユミエがモニカやニールと共に一歩下がった位置に控えると同時に、パーティー会場へと足を踏み入れた。

パッと開けた視界。煌びやかな装飾が放つ光に眩《くら》まされ、一瞬だけ目を細める。

やがて慣れてきた目を大きく開くと……そこにいたのは、数え切れないくらいたくさんの人、人、人。会場に負けないくらい煌びやかな衣装に身を包んだ男女が、わらわ達に一斉に視線を向けているのだ。

その視線に込められた様々な感情を一身に浴びて、思わず挫《くじ》けそうになる。

だが、負けるものかと気合を入れ、兄上と共に壇上に立った。

「皆の者、私の妹の誕生日を祝うために集まってくれたこと、感謝する」

兄上が、外向けの口調で語り始める。

こうした演説を聞くのは初めてだが……声を聞くだけで自然と背筋が伸び、兄上に意識が集中してしまう。

これが、王の器というものだろうか。

「現在、我が国は多くの問題を抱えている。諸外国からの圧力、国内産業が利益を奪い合い、平民も貴族も関係なく疲弊している。それら全ての発端が、我が父の病によるものであることは、皆も承知のことだろう。王家の一員として謝罪する」

だが、と兄上が会場の貴族達を一瞥《いちべつ》する。

「苦難の時は必ず終わる。我が国が一丸となって事に当たれば、このような状況は容易《たやす》く乗り越えられると私は信じている」

貴族達の間に、どこか戸惑うような空気が流れる。そんなことを言われても、という感じだ。

今までずっといがみ合ってきた相手と手を取り合えと言われて、はい分かりましたなどとすぐに応えられる人間は稀《まれ》だろう、それくらいわらわだって分かるのだ。

でも……兄上は、そんな夢物語を最後まで堂々と語り続ける。

それが自明であると、出来て当然だと……自分達ならやれると、示すように。

「王家の一員として、父の後を継ぐ次期国王として約束しよう。諸君らが派閥の垣根を越えて協力し合える日は必ず来る、私が、私達がその未来を築くと!!」

ざわりと、会場が一際騒がしくなった。

それもそうだ。こうして公的な場で〝次期国王〟だと宣言したのだから、それはもはや決定事項だ。今更覆せない、兄上の覚悟の表れ。

「今日という日が終わった時、諸君らも私と同じように、その未来を信じられるようになると確信している。……だがまずは、そうした細かい話は横に置こう。私の妹を……我が国の〝宝〟の誕生日を、共に祝ってくれ」

フッと、それまでの熱い語り口調から一転して、優しい表情でワインの入った杯を持つ。

釣られるように貴族達が杯を手にしたのを見て、兄上はそれを天井へと掲げる。

「我が国の至宝、可憐なる星の姫君に、乾杯」

乾杯!!　と貴族達の声が唱和する中。

あまりにも大袈裟《おおげさ》な紹介をされたわらわは、開いた口が塞がらなかった。

だが、呆《ほう》けてばかりもいられない。兄上の全体挨拶が終わった以上、これからは個別にやってくる貴族達の相手をしなければならないし……そこで矢面に立つのは、兄上ではなくわらわ自身なのだから。

ユミエやモニカは傍にいてくれるからまだ良いものの、兄上やニールは他のところで挨拶を受けるようだし、嫌でも緊張してしまう。

「お久しぶりです、リフィネ王女殿下。私のことを覚えていらっしゃいますでしょうか？」

「覚えておるぞ、カース・ベルモント公爵。小さい頃はその……迷惑をかけたな」

最初に挨拶に来たのは、モニカの実家であるベルモント公爵家だった。

爵位が一番高いから、という分かりやすい理由ではあるが……わらわが最近、モニカとも仲良くしているから、ある程度気楽に話せる相手ということで調整してくれたのもあるのだろう。感謝しなければな。

「いえいえ、幼い頃など、誰でもそんなものです。うちの娘も、昔はとてもやんちゃなじゃじゃ馬娘でしたからな」

「お父様、それはいつの話ですの？　余計なことを言ったら当分口を利きませんからね？」

「おっと、娘にそんなことをされては敵《かな》わない。王女殿下、この話はまた今度にしましょう」

額に青筋を浮かべながら釘《くぎ》を刺すモニカに、公爵は肩を竦《すく》めてみせる。

おどけたようなその態度のお陰で、わらわの肩の力も大分抜けた気がするのだ。

「それは気になるな。ぜひとも今度時間があるときに聞かせてくれ、モニカのいないところでな」

「王女殿下、お父様は私の話となると平気で嘘八百《うそはつぴやく》を並べ立て始める悪癖がありますので、どうか真に受けませんように」

「おっと、わらわまで怒られてしまったな」

それはもう恐ろしい形相でこちらにも釘を刺しに来るモニカに、思わず苦笑を漏らす。

そんなわらわを見て、公爵は穏やかな父親のような顔になる。

「変わられましたな、王女殿下。以前とは見違えるようです」

「そ、そうか？　まあ、デザイナーが良かったからな、ユミエが紹介してくれた子なのだが、若いのにとても良い腕なのだぞ」

「いいえ。衣装ももちろん素晴らしいですが、王女殿下自身がです。王族としての風格が備わったように見えます」

「そう……か？」

わらわは兄上と違って、自分が王族であるという自覚も覚悟もそんなにないと思っている。それは決して、単なる思い込みなどではなく、客観的な事実だろう。

だが、それでも……公爵がそう思うほどに、わらわが以前とは変わったというのなら。

「それはきっと、ユミエのお陰なのだ」

「私ですか？」

自分に話を振られるとは思っていなかったのか、ユミエがきょとんとしている。

わらわとしては、むしろどうしてユミエの名が挙がらないと思ったのかと聞きたいくらいだが……そういうところも、ユミエらしいか。

「ユミエが、ただ暴れることしか知らなかったわらわに、人との関わり方を教えてくれた。

人と関わることの温かさを教えてくれたのだ」

一歩後ろにいたユミエを隣に招き、その手をぎゅっと握る。

手のひらから伝わってくる熱が、じんわりと体を巡るのを感じる……それだけで、わらわの心を蝕《むしば》む緊張も、不安も、その全部が熱に溶けて和らいでいく。

「過去の振る舞いのせいで、皆がわらわの王族としての資質に疑念を抱いているのは知っている。それは当然のことなのだ。だからこそ……今度はわらわが、皆に伝えられたらいいと思う。こうして、誰かと手を取り合うことの大切さを。そうしたらきっと、兄上が目指している王国の未来を築くのに、少しくらいは役に立てると思うのだ」

「…………」

思うがままに口にした言葉だったが、なぜか公爵も、近くでそれとなく会話を聞いていた他の貴族達も、誰もが口を閉ざしている。

何かまずいことを言っただろうか……と不安になっていると、ユミエがぎゅっとわらわの手を握り締めた。

「とっても素敵な夢だと思います。王女殿下なら、きっと出来ますよ。私も精一杯お手伝いしますね」

「うむ……ユミエにそう言って貰えると、自信が持てるのだ。ただ……」

「ただ?」

「……やっぱり、ユミエには〝リフィネ〟と、そう呼んで貰いたいのだ。他人行儀な呼び方は、寂しいぞ」

分かっている、ユミエはあくまで時と場を考えて使い分けているだけで、他意はないと。こんな公的な場で王女を呼び捨てなど不敬だし、貴族としてはあり得ない。

だが、やっぱりユミエにだけは、そう呼んで欲しい……。

「うーん……この場では難しいですから、後で二人きりになったらたくさん名前で呼んであげます。それじゃあダメですか？」

「むぅ……仕方ないのだ」

「……本当に、仲がよろしいのですね」

少しばかり口を尖《とが》らせながら言葉を交わしていると、ようやく動き出した公爵がボソリとそう呟《つぶや》いた。

しまった、いくら公爵がある程度わらわの味方だとしても、やはり失礼だっただろうか？

不安になるわらわに、公爵は先ほども見せた穏やかな表情を浮かべる。

「娘が、ユミエ嬢に執心する理由が分かったような気がします。王女殿下も、同じなのですな」

「ああ、わらわはユミエのことが大好きなのだ！」

他のことは、それで本当に正しいのかと不安に駆られることもあるが……これだけは、何があっても絶対の自信を持って言えるのだ。

そんなわらわの言葉を聞いて、公爵はその場に膝を突いた。

「正直なところ、こうして直接お会いするまで、本当に派閥の統合など可能なのかと半信半疑でしたが……今は、どんなにあり得ない理想論だろうと実現出来る気がして参りました。このカース・ベルモント、ベルモント公爵家当主の名において、王家への更なる忠誠と王国への献身を、改めて誓わせて頂きたい」

「感謝するぞ、公爵。これからもオルトリア王国のため、兄上のため、その力を存分に振るって欲しい。そして……まだ未熟なわらわのために、そなたの意見を遠慮なく聞かせて欲しい」

「承知しました」

公爵の忠誠を受け取って、彼の挨拶がようやく終わる。

何とか最初の山場を乗り切れたと、内心でホッとしていると……いつの間にか傍に来ていた兄上に、ポンと肩を叩《たた》かれた。

「兄上、そちらの挨拶は良いのか？」

「こっちもちょうど一段落したからね。一言くらい、妹を労《ねぎら》いたかったんだ」

「まだ一人目だぞ？　早くないか？」

「一人目だから、だよ」

何事も最初が肝心で、そこで作った流れはそう簡単に変えられない。だから、それを乗り切ったわらわのために、わざわざ来てくれたらしい。

やっぱり、兄上は優しいな。

「よくやった。リフィネのお陰で、僕も随分と楽になりそうだよ」

「そうか？　それは良かったのだ」

正直、わらわはまだまだ勉強不足だから、どれくらい兄上の役に立てたのか分からないが……兄上がそう言うなら、きっと少しくらいは意味があったのだろう。

わらわでも、兄上の役に立てた。そう思うと、やっぱり嬉しいのだ。

「この後も、この調子で頑張って。リフィネなら出来るよ」

「ああ、任せておくのだ」

すぐに去っていく兄上を見送りながら、そういえばずっとユミエの手を握ったままだったことを思い出す。

放した方がいいだろうか、と振り返ったら、ユミエの眩《まぶ》しい笑顔が視界に飛び込んできた。

「良かったですね、リフィネ」

さっき、こういった場ではやっぱり呼べないと言っていたのに、周りに聞こえないように小声で告げる。

わらわの幸せを、本当に自分の幸せであるかのように喜んでくれるユミエを見て、わらわは逆に手を握る力を強めた。

「ああ、ユミエのお陰なのだ。ありがとう」

せめて、わらわが主役でいられる今だけは……この手を独占していたいと、そんな風に思って。


ありえない。こんなことは、あってはならない。

リフィネの誕生祭初日、貴族達を集めたパーティーに参加したアルウェ・ナイトハルトは、人知れずそう呟いていた。

その理由は、現在パーティー内で漂う空気感にある。

シグートが語った、あまりにも子供らしい理想論。それを支持する向きが時を経るごとに強くなっているのだ。

「いやはや、シグート殿下の演説には痺《しび》れましたな、あれぞまさに、この国を背負っていくに相応しい王の器というものでしょう」

「然《しか》り然り。それに……リフィネ殿下にはもう挨拶されましたかな？　彼女もすっかり聡明で可憐な姫君となられて、我が国の宝であるというシグート殿下のお言葉も分かります」

「全くですな」

ははは、と和やかに会談する二人の貴族が見えるが、彼らはつい先日まで、貴族派と王族派に別れ互いに毛嫌いしあっていたはずだ。それがこのたった一度のパーティーで、あのように仲良さげな雰囲気を醸し出すまでになっている。

彼らだけではない。会場のあちこちで、これまで敵対していた者同士が共通の話題で盛り上がり、楽しんでいる。

あり得ない、とアルウェは今一度心の中で呟いた。

「なぜ、こんなことに……！」

シグートがこれまでずっと掲げてきた理想こそが、貴族派も王族派も関係なく、国家として一致団結して未来へ進むことだった。故に、あの演説内容はさして驚くようなことではない。

変わったのは、それを堂々と公の場で語り、自分こそが〝王〟だと宣言したこと。

今までのシグートは優秀な〝王子〟ではあったが、〝王〟としての器を示すことはあまりなかった。仕事を任せる同僚としては頼りになっても、自分達を先導する指導者としてはまだ疑問符がつく、そんな状態だったのだ。

そんな貴族達の印象を、シグートはたった一度の演説で吹き飛ばした。

王の資質とは、どんな思想を掲げるかではない。その背中についていけばより良い未来が待っていると無条件で信じさせる言葉の力、〝カリスマ〟なのだ。それを示したことで、シグートの子供染みた理想論に感化される者が現れた。

それでも……それだけならまだ、アルウェの理想とする王族派主導の、ひいては〝自分自身が〟国を統べ、正しき道へ導くという野望への一助となって終わっただろう。

だが、シグートだけでなく、リフィネもまたその後の展開で王家の一員たる〝器〟を示した。

元王族派であり、近頃は貴族派に合流しようとしていると目されていたグランベル家、そして貴族派筆頭と言われていたベルモント家の忠誠を受け取ることで、自分こそが貴族派の代弁者であるという意思を示し……その上で、王となる兄のために尽くすと宣言することで、貴族派が無理なく王族派に合流出来るよう促したのだ。

これまでは派閥争いの影響で距離を置いていた兄妹が、この上なく仲睦《なかむつ》まじい姿を見せたことによるインパクト。それに加えて、かつての粗暴な王女を知っていればいるほどに実感する、現在の可憐な王女の姿とのギャップ。

目を奪われずにはいられない王女が、派閥の垣根なく心からの笑顔を振《ふ》り撒《ま》き、貴族達の心に入り込んだ。

誰もが手を取り合える国を目指したいと……嫌い合っていたはずの兄と同じ理想を掲げて。

「あり得ない……政治は、子供の喧嘩《けんか》などではないのですよ……それを、こんな……おままごとのようなやり方で……!!」

アルウェとしても、このような派手な演出の裏で、両派閥にコネを持つグランベル家が利害調整のため奔走していたことは知っている。

両派閥が合流しても、損はないと思わせるだけの交渉手腕。かつて社交の場で稀代《きたい》の悪女として恐れられたリリエ・グランベルの面目躍如といったところだろう。

とはいえ、それはあくまで合流しても〝損はない〟という程度に留《とど》まる。明確に合流することにメリットを設けようとすれば、必ずどこかで多大な不利益を被る人間が現れるからだ。

そして……さして変わりがないのであれば、人は現状維持を望むのが普通だ。

それを王家の兄妹は、感情面からの力業で覆した。これは流石に、アルウェの想像を超えている。

「どうして、こんなことに……！」

このままでは、間違いなく派閥は消滅する。貴族派だけでなく、王族派さえも消滅して混ざり合い、アルウェがこれまで振るってきた強権のほとんどが使えなくなるだろう。そうなれば……これまで彼が裏で密《ひそ》かに重ねてきた越権行為、違法行為の全てが明るみに出る。シグートは間違いなくアルウェを、ナイトハルト家を断罪するだろう。

それだけは、避けなければならない。

「どうすればいい、どうすれば……!!」

この流れを変えるには、今一度派閥間の争いを激化させ、両派閥の合流という未来を阻止するしかない。

それを成し遂げるために一番分かりやすいのは、シグートとリフィネが再び……今度は表向きのポーズではなく、本気で憎しみ合ってくれることだろう。

そのための手段は……と考えたアルウェの視界に映ったのは、リフィネが一人の少女と手を繋《つな》ぎ、仲睦まじく歓談している姿。

ユミエ・グランベルと、少々やり過ぎなくらいべったりしている光景だ。

「……ははっ、そうです、これは使える」

そもそも、ユミエは婚外子。本来なら、こんな公的な場に出て来ていい存在ではない。にも拘《かか》わらず、堂々と王女の傍に立ち、王子とも親しげに交流し、二人の思想をも変えてしまった。

間接的にではあるが、今回の事態を引き起こした元凶とも言えるだろう。

アルウェにとってそれは、万死に値する大罪である。

「前回は保身のために一度引き下がりましたが……今度はそうは行きませんよ。ユミエ・グランベル……確実に、もっとも残酷なやり方で殺してあげましょう……!!」

ククククッ、と会場の片隅でアルウェは嗤《わら》う。

華やかなパーティーの只中で、身勝手な男の悪意が密かに牙を剝《む》き、ユミエに対して喰《く》らいつこうと胎動を始めた。

リフィネの誕生日を祝うお祭り……その開会宣言とも言える貴族達向けのパーティーは、大成功のうちに幕を閉じた。

シグートが国王としての器を示せるか、リフィネが立派な王女になっているとみんなに分かって貰えるか……加えて、二人の理想を貴族達が受け入れてくれるか、色んな課題があったけど、どれも概《おおむ》ね達成出来たらしい。


そうした話を現在、俺達は離宮の応接室で、お父様と……ベルモント公爵家当主、カース・ベルモント閣下から報告を受けていた。

「主だった貴族はどこも、シグート殿下の戴冠とその理想を支持している。王族派、貴族派関係なく、な。リフィネ殿下の評判も上々で、祭りの最終日に兄妹が再び並んで見られることを楽しみにしているようだ。……みんな、よくやってくれた、礼を言う」

「顔を上げるのだ、公爵。わらわは王族として当然のことをしたまでだし、それに……それもこれも全部、みんながわらわを支えてくれたからなのだ。ありがとう」

その場にいる人達……お父様やお兄様、モニカ、公爵と視線を向け、最後に隣に座る俺のことを見つめるリフィネ。

ごく自然に浮かぶその笑みは、やっぱり可愛い。

「ユミエも……本当にありがとう。お前がいなければ、わらわは今もずっと、離宮の奥で引きこもったままだったろう。ユミエはわらわの恩人なのだ」

「リフィネが変われたのはリフィネ自身と、これまでリフィネを支えてきたメイさんの力あってのことですよ。でも……私の存在が、ほんの少しでもリフィネが変わる切っ掛けになれたなら、光栄ですよ」

リフィネの気持ちに応えるように、俺も笑顔を返す。

ほっこりとした空気が漂う中、モニカが「こほん」と咳払《せきばら》いする。

「まあ、上手《うま》くいったのは何よりですが、今回のことはあくまで始まりに過ぎません、ここで気を抜いて評判を落とせば全てが台無しですので、油断してはダメですわよ」

「もちろん、肝に銘じておくのだ」

緩んだ空気に釘を刺すように、モニカが苦言を呈する。

同時に、なぜかいそいそと俺の隣に座ってぴったり体をくっ付けてくるんだけど、これは何か意味があるんだろうか？

「だが……そうなるとやはり、王都のお祭りには参加出来ないのだよな？」

「それはそうですわね。こういったお祭りでは、ただでさえ人が増えて警備が難しくなりますし、貴族は最初と最後のパーティーだけを楽しむのが普通ですわ」

「うむ……わらわも、それは理解しているのだ。ただ、その……」

もごもごと、本当に言っていいのか悩むようにリフィネが顔を俯《うつむ》かせる。

言葉が纏《まと》まるまで、みんなでじっと待っていると……リフィネは、叶わない夢を語るように、小さく呟いた。

「兄上と……一度くらい、ゆっくり祭りを回ってみたかったなぁ、と……」

このお祭りの最終日には、シグートは戴冠し、王になる予定だ。そうなれば今以上に責任ある立場に置かれるし、自由に遊べる時間も全然なくなるはずだ。

そうなる前に、今までずっと出来なかった兄妹らしいことをしたいというのが、リフィネのささやかな願いらしい。

「リフィネ殿下、流石にそれは……」

そんなリフィネに、言いづらそうに諌《いさ》めるのはお父様だ。

王としての責任というなら、戴冠直前の今だって大して変わらない。今ここにいないことから考えても、忙しいのは間違いないし……仮に時間を取れたとしても、少なからずいるであろう戴冠に反対する人間に命を狙われる危険を思えば、呑気《のんき》に町に繰り出すなんてことをするわけにはいかない。俺がお兄様に連れ出されたあの時とは、状況が違うのだ。

でも……。

「分かっている、分かっているのだ。だからこれは、その……単なる独り言なのだ、忘れてくれ」

だからって、リフィネのこんな願いも叶えてやれないなんて間違ってるだろう。

王族には責任がある。そのせいで出来ないこともあるのかもしれないけど……それならそれで、王族なりの思い出作りだってあるはずだ。

「お兄様、お父様も。お祭りの期間中、いつでもいいので、何がなんでもシグートの予定を空けてください。少しでいいですから」

「ユミエならそう言うと思ったよ、任せとけ」

「こらニール、安請け合いするな。……だが、他ならぬユミエの頼みだからな、何とかしよう」

「ま、待てユミエ、わらわもそんなに無理に行きたいわけではないのだ、だから……」

何気なく呟いたことを本気にされるとは思っていなかったのか、リフィネが焦り始める。

そんなリフィネに大丈夫だと示すために、俺はドンと胸を叩いた。

「心配しないでください、何も二人を町へ送り出そうなんて企《たくら》んでいるわけじゃないですから」

「そ、そうなのか？」

思い出も大事だけど、そのために危険を冒すのは本末転倒だ。

だから……町へ行かずに、リフィネとシグートにお祭りを体験して貰う。

「この離宮で、私達だけのお祭りを開きましょう！」


ユミエの突然の思い付きから、僅か二日後。本当に、兄上が離宮へとやって来た。

「まさか、本当にやることになるとは思わなかったのだ……」

「ははは、僕も話を聞いた時は驚いたよ」

離宮の門のところで兄上と顔を合わせたわらわは、口ではそう言いつつもずっと心の中でこの日を期待していた。

あくまでお祭りの真似事《まねごと》で、ごっこ遊びのようなものかもしれない。それでも、兄上と一緒にお祭りの空気を楽しめる。

それが、嬉しくて仕方ない。

「さて、ユミエはどんなお祭りにしてくれたのかな。早速行ってみようか」

「あ……う、うむ！」

ごく普通に差し出された手を、ぎゅっと握る。

初日のパーティーでも腕を組んでエスコートしてくれたが、あれは王族としての、儀礼的な作法だった。だが今は、まるでごく普通の兄妹のように、しっかりと手を握ってくれている。

それだけで、わらわの心は春の陽《ひ》だまりのように温かくなった。

そのまま、ゆっくりと離宮の……わらわがよく〝運動〟していたドームの中に入ると……。

「これは……すごいね。たった二日で、よくここまで……」

兄上がそんな感想を漏らすほど、中の様子は様変わりしていた。

ただ怪我《けが》をしにくいようにと敷き詰められた土だけがある、殺風景な場所だったというのに……今はそこに、無数の出店が立ち並び、吟遊詩人が詩を詠み、何かの曲を路上演奏している者までいた。

いつもドームの中を真昼のように照らしていた光の魔法は今日だけは消され、代わりにあちこちに建てられた魔灯の明かりが薄ぼんやりと辺りを照らし上げている。

流石にここまで本格的なものを用意されているなどとは夢にも思わなかったから、びっくりしすぎて声が出ないのだ。

「二人とも、いらっしゃいませ！　どうですか？　ちょっとはお祭りっぽく感じて貰えるといいんですけど」

そんなわらわ達のところに、にこにこ笑顔のユミエがやって来た。

ちょっとと言うが、当人もそんな風には思っていないのだろう、その表情には確かな自信が感じられる。

兄上も同意見なのか、苦笑気味に答えた。

「十分だよ。しかし、よくこんなに人と物資を集められたね？」

「いくら大規模な王都のお祭りとはいえ、一等地を確保出来るお店は限られていますからね。場所取り競争に負けた人達を中心に、出来るだけ身分が確かな人を選んで資材ごと雇い上げて貰いました」

「それだって、選別やセットは大変だったろうに」

「離宮の人達全員、一生懸命協力してくれましたからね。リフィネの夢を叶えてあげたいって」

「わらわの、ために……？」

「はい」

戸惑うわらわの頭を撫でながら、ユミエは言う。

「みんなリフィネが大好きですから。リフィネが喜んでる顔が見たくて頑張りました」

「っ～～！」

そんな風に言われたのは、当たり前だが生まれて初めてだ。

本当にユミエは、そういうことを恥ずかしげもなくあっさりと言いおって……顔から火が出そうなくらい恥ずかしい。

だが、それ以上に……やっぱり、嬉しい。みんなには、個別にちゃんとお礼を伝えねばならないのだ。

義務感ではなく、ごく自然にそう思えた。

「さあ、こうして見ているのもいいですが、せっかくですから実際に楽しみましょう！　お祭り初心者のお二人のために、今日は私がレクチャーして差し上げますよ！」

そう言って、ユミエはわらわ達以上にはしゃぎながら、わらわ達を先導してくれた。

見慣れない料理。未知の味付け。初体験のゲームに、初めて聞く変わった音楽。全てが新鮮で、頭が追い付かない。

それら一つ一つを、ユミエは丁寧に教えてくれた。

マナーなんていらないと、はしたないくらい大口を開けて〝りんご飴《あめ》〟に齧《かじ》り付《つ》いたり。

〝射的〟というゲームでは、手本を見せようとして全て外し、逆に兄上が全て命中させたことで露骨に悔しそうな顔をしたり。

吟遊詩人と即興で組んで歌など歌い始めた時は、大して上手でもないのに気持ちいいくらい全力で声を出していて……そんな歌声を聞いた周りの人達も、ノリノリで指笛など吹き鳴らして、アンコールを叫んで。

貴族達に囲まれた生活の中では決して味わえない、ガサツで、汚くて、品もなく大騒ぎする……この上なく、温かい時間。

これが、わらわの知らなかった平民達の世界なのだな。

「さあ、いよいよラストですよ！　お祭りの締めといえばやっぱりこれ‼　私の魔法の全力全開、とくとご覧あれ!!」

離宮の外へと案内されたわらわ達は、広い庭園の中心にふわりと浮かぶユミエの演説をじっと聞いていた。

ユミエが何をしようとしているのか、最後だけは集められた人達も分かっていないらしい。

誰もが興味深そうに見つめる中、ユミエは大空へと魔法を放った。

「演出魔法──《花火《ファイアフラワー》》!!」

その瞬間、暗い夜空に、大輪の花が咲いた。

舞い散る魔力が、真っ黒な空のキャンバスに描き出す光のアート。次々に咲いては消える七色の花畑の中を、ユミエが妖精のように飛び回っている。

幻想的で、神秘的で、声も出ないほどに美しい、まさに今日という特別な日を締めくくるのに相応しい魔法だろう。

そう思ったのは、わらわだけではないようで。先ほどまであんなに騒がしくしていた人達も……わらわ達とは別に、本当の祭りを楽しんでいたはずの王都でさえ静まり返り、ユミエの見せる魔法に誰もが魅入っていた。

「すごいな、ユミエは……本当に……」

音が消えた世界の中で、兄上の小さな呟きはやけにハッキリと聞こえた。

わらわの視線に気付いたのか、兄上はばつが悪そうに頬を掻き、言い訳するように口を開く。

「ユミエは、決して恵まれた人間じゃなかった。生まれは町のスラムで、泥水を啜《すす》って生き永らえた果てに、グランベル家に拾われて……婚外子という出自のせいで、そこでも長い間虐待を受けていたらしい」

兄上の語った内容が、わらわにはとても信じられなかった。

ニールも、カルロット伯爵も、ユミエのことをこれ以上ないくらい可愛がっていたのに……あの二人が、ユミエを苛《いじ》めていたというのか？　とても信じられないのだ。

「それを彼女は、自分の手で変えてみせた。強力な魔法の素質があるわけでも、特別優れた頭脳があるわけでもないのに、気付けば誰もが彼女を慕い、集まってる。たった一人で、自分を取り巻く環境を……世界を変えたんだ。本当に、すごいよ……」

もう一度ユミエを見上げた兄上の瞳に、色んな感情が浮かんでいる。

それを、なんと表現したらいいのか迷って……わらわは思い付いたそれを、そのままボソリと口に出す。

「兄上は、ユミエのことが好きなのか？」

「ぶっ」

思い切りむせ始めた兄上を見て、流石にちょっと心配になる。

間違ったことを言ったつもりはないのだが、違うのか？　と問おうとして……兄上の顔がほんのり赤くなっていることに気付き、口を噤《つぐ》んだ。

「……そうだね。好きだよ、ユミエのこと。もし許されるなら、ずっと隣にいて欲しいと思う」

「そうか……」

そうだろうな、としか思わないので、特に驚きはない。むしろ、兄上が誰か別の女性を隣に迎える姿が想像出来ないくらい、兄上の心はユミエに向いていると思うのだ。

だから自然と、そうなる未来を夢想して……悪くないな、と思った。

「もしそうなったら、ユミエはわらわと義理の姉妹になるのだな。ふふふ、ユミエにお姉様と呼ばれるのも悪くないのだ」

「いや、僕と一緒になるなら、リフィネにとっては義理の姉になるわけだから、そこはリフィネがお姉様って呼ぶ側じゃない？」

「何を言う、わらわの方がユミエより歳上なのだぞ！　そこはやはりわらわこそが姉と呼ばれるべきなのだ」

「一歳しか違わないけどね。実質同い年だよ」

「むうぅ、それでも歳上は歳上なのだ！　それに、最終日には一つ歳を重ねるのだから、二つも違うのだぞ！」

「一歳も二歳も、一緒じゃないかい？」

「全然違うのだ！」

兄上の分からず屋め！　と憤慨すると、兄上は可笑《おか》しそうに笑い出す。

人前では決して見せることのない、王族の作法としてははしたないくらいの笑い方に、わらわは目を瞬かせた。

「そうだね、たった一歳変わるだけ……それでも、そのたった一歳の変化を祝うのが、〝普通〟の人達なんだ」

そう言って、兄上はわらわに向き直り、頬に手を添えてきた。

何をするのかと思っていると、兄上の顔が目前に迫り……わらわの額に、ちゅっと軽くキスを落とした。

「誕生日おめでとう、リフィネ。今更かもしれないけど……今まで祝えなかった分まで、言わせて欲しい」

「…………」

兄上からの思わぬ誕生日プレゼントに、わらわは嬉しいと感じると同時に……思わず、苦笑してしまう。

全く、ユミエに対してあんなに熱い気持ちを聞かされた直後に、妹とはいえ別の女にこれとは。兄上は乙女心を弄ぶのが上手だな、将来が心配なのだ。

「リフィネ……？」

だが、わざわざそれを指摘してやったりはしないのだ。

ユミエが兄上と一緒になれば、わらわとも姉妹になれるが……そうなった時のユミエはあくまで、兄上のものであることに変わりはないからな。

敢《あ》えて教えずに放っておいた方が、ユミエをほんの少しわらわが独占出来る時間が増える。

乙女心を弄ぶ兄上へ、ちょっとした意地悪なのだ。

それに……もう一つ。

「ふん、こんなことで、わらわが許すと思うのか？　兄上に冷たくされたこの数年間、わらわがどんな気持ちでいたと思っているのだ」

「それは……ごめん。許してくれなんて言えないけど、謝らせて……」

「謝罪なんていらないのだ」

それより、と。わらわは、兄上に抱き着いた。

戸惑う兄上の顔を下から見上げながら、わらわは満面の笑みと共におねだりする。

「わらわを抱っこしてくれ。その方が、ユミエの魔法が見やすいのだ。……だからもう、離さないでくれ」

わらわと兄上の位置は、ユミエに指定された観客席の最前列、背の低いわらわでも問題なく見える位置だ。それくらい、兄上だって分かっているだろう。

だから、察しの良い兄上はすぐに、わらわの言いたいことを理解してくれたようだ。

「ああ……離さないよ。もう、二度と」

ユミエだけでなく、兄上のことも、もうしばらくわらわが独占したい。これまで、兄妹として過ごせなかった分まで、めいっぱい。

これから王になる男に対して、あまりにも我《わ》が儘《まま》な感情を抱きながら……わらわは兄上の腕に抱かれたまま、いつまでもユミエの魅せる光の花を見上げ続けていた。

第四章

砕かれる心、
折れない想い

Episode.
04

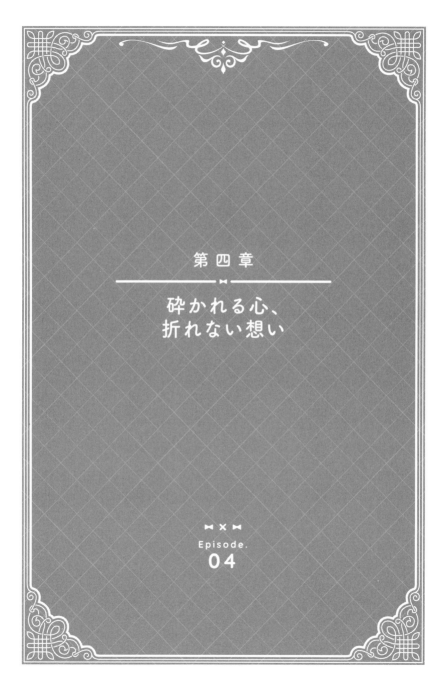

「……で、一晩で魔力を使い果たしてダウンと。本当にいつも無茶するよな、ユミエは」

「あははは……リフィネやシグートには内緒にしてくださいね、お兄様」

リフィネとシグートの兄妹《きょうだい》のために開催した、小さなお祭り。そのラストを飾るために、俺は渾身《こんしん》の魔法で花火を打ち上げたんだが……元々魔力量が少ない俺だ、いくら極限まで消費を抑えた演出魔法でも、たった一人であれだけの数を放ち続けるのは無理があったらしい。あの後すぐにぶっ倒れて、王都にあるグランベル家の屋敷に担ぎ込まれてしまった。一晩経《た》ってだいぶ回復したけど、今も大事を取ってベッドで横になってる。

これがバレたら、せっかく楽しんでくれた二人の気持ちに水を差してしまうだろう。それは嫌だ。

「分かってるよ、二人には言わない。でも、父様や母様には報告するからな？」

「えぇ!?　なんでですか!?」

「当たり前だろ。ユミエは少しくらい叱られないと自重しないし、大人しく説教されろ」

「うぅ、はーい……」

渋々と納得して布団に潜る俺を、お兄様は苦笑混じりに撫《な》で始める。

さらさらと優しく触れる手のひらに甘えていると、お兄様は愛《いと》おしげに微笑《ほほえ》んだ。

「それじゃあ、俺は昨日の片付けを手伝いに行ってくるから。ゆっくり休めよ、ユミエ」

「はい、行ってらっしゃい、お兄様」

手を振りながら、お兄様が部屋を後にする。

それと入れ替わるようにやって来たリサが、俺の枕元で椅子を出し、リンゴの皮を剝《む》き始めた。

「……ここでやるの？」

いつもはカットまで終わったものを持ってくるのに珍しい、と思いながら問い掛けると、リサは手元を見つめたまま淡々と返す。

「お嬢様がお一人で寝ているかと寂しがるかと思いまして。必要でなければ帰りますが……」

「ダメ。一緒にいて、ついでにリンゴも一緒に食べて」

リサの言う通り、一人でこんな風にじっと寝てるだけなんて退屈だし、何より寂しい。

咄嗟《とっさ》にメイド服のスカートを摑《つか》んで懇願する俺に、リサは苦笑と共に振り返る。

「仕方ありませんね、今日は特別に旦那様から他の仕事を免除して頂きましたから、ずっとお傍《そば》にいますよ」

「やった！　リサ大好き！」

多分、お父様は俺がちゃんとじっとしてるか不安だったというのもあって、監視役としてリサを任命したんだろう。

でも、たとえ監視役だろうと誰かが一緒にいてくれるのは素直に嬉《うれ》しいし、リサがいるなら一日じっとしているのも苦痛じゃない。

そんな感じでルンルン気分になっている俺に、リサが早速カットしたリンゴを一つ、フォークで刺して差し出してきた。

「そう言っていただけて光栄ですが、私はただの使用人ですので、もっと大切な方のために〝大好き〟という言葉はとっておいてください」

「あむっ……むぐむぐ」

反論させないためか、口の中に放り込まれると同時にそんなことを言われる。

でも、その程度で口を閉ざすほど、俺は自己主張が弱くはないのだ。

「んっ……リサはその〝大切な人〟だからいいの」

「全くお嬢様は……そんなことを言って、大切な人を増やし続けていると、いずれ勘違いした人に刺されてしまいますよ？」

「そんなことないってー」

好きだと伝えて本気にするのは、その相手が恋愛対象になっているからだ。

俺のような十一歳のお子様の〝大好き〟をそういう意味で受け取る人間なんて、そうはいないだろう。

「シグート王子殿下は、随分とお嬢様にご執心のように見えますが。大切な妹君のことを最後に託したのも、お嬢様でしたし」

「それはまあ、そうかもしれないけど」

俺だって、大切な家族を誰かに託すなら、同じくらい信頼出来る相手にしか頼めない。その意味では、シグートは俺にかなり信を置いてくれてるんだろう。

でも、それとこれとはやっぱり違うんじゃ？　なんて話をしながら、俺とリサは二人でゆったりとした時間を過ごす。

「ふぁ……ぁ……」

リンゴを一つ一つ食べさせて貰《もら》い、お腹《なか》が膨れたせいだろうか。そうしていると、段々眠気が襲ってきた。

そんな俺に、リサは微笑ましげに布団をかけ直す。

「眠いのでしたら、そのまま眠ってしまった方がよろしいかと。その方が回復も早くなります」

「んぅ……でも、もうちょっとお喋《しゃべ》りしたい……リフィネの話とか、まだ……」

「それはまた今度、元気になってから聞くことにしますので」

ポンポン、と小さな子を寝かしつけるように、リサが俺の体を布団の上から優しく叩《たた》く。

だからというわけじゃないけど、どんどん瞼《まぶた》が重くなって意識が遠ざかっていく俺に、リサは優しく囁《ささや》いた。

「おやすみなさい、お嬢様。良い夢を」

「んー……！　よく寝たぁ」

あれから、どれくらい時間が過ぎたのか。窓から差し込む光がすっかり夕焼け色に染まっているのを見て目を細めながら、俺は体を起こした。

「リサは……いないの？」

きょろきょろと部屋を見渡すも、リサの姿が見えない。

リサが一日一緒にいるって言ってそれを破ったことなんてないし、トイレにでも行ったか……あるいは、お茶か何かでも淹《い》れに行ったのかな？

そんな風に思いながら、俺はベッドから起き上がって部屋の外へ向かう。

ちょっと喉が渇いたし、起きてすぐに誰もいないことにちょっぴり心細さを感じたんだ。

……けどその感情は、徐々に言い知れぬ不安へと変わっていった。

「リサ……？　バストンさん……？」

屋敷の中から、人の気配がしない。

リサ以外にも使用人はいるはずだし、護衛の騎士だって何人か詰めていたはずなのに……どうしてだろう。

ここで働く使用人や騎士の名前を順番に呼びかけながら、屋敷のホールにまで出た俺は……そこで、凍り付いた。

みんなが、ホールのあちこちで倒れてる。

血を流して、ピクリとも動かない。

「えっ……あっ……」

なんで。どうして。

一瞬で頭が真っ白になりかけて、すぐに頭を振ってそれを阻止する。

ただ突っ立ってるだけじゃ何も変わらない、すぐに動け‼

「大丈夫ですか⁉」

恐怖と混乱に竦《すく》み上がる自分を必死に叱咤《しった》しながら、すぐ近くに倒れている人から順に容態を確かめていく。

……大丈夫、みんな死んではいない、気絶してるだけだ。

その事実にホッと胸を撫で下ろしながらも、それならそれで更なる疑問が湧いてくる。

使用人だけならともかく、グランベル家の騎士はみんな精強だ。それをこんな一方的に打ち倒すなんて、普通じゃあり得ない。

それに……ここまでしておいて、誰も死んでないなんて、一体これをやったやつは何を考えて……。

「やあ、待っていたよ」

「っ……‼」

その声を聞いて、俺は頭がそれを理解することを拒んだ。

なんで、どうしてと思いながら、ゆっくりと声のした方へ振り返ると……。

「シグー、ト……？」

「ああ。君の大好きなシグート殿下さ、会いたかったかい？」

そこには、数人の近衛騎士《このえきし》を伴ったこの国の王子、シグート・ディア・オルトリア殿下の姿があった。

状況にそぐわない場違いな笑顔に吐き気すら覚えるが、今はそれどころじゃない。

何せ、彼の後ろには、近衛騎士の手で首元に剣を突き付けられたリサがいたからだ。

「やめてください、リサを離して‼　なんで……何が目的ですか⁉」

明らかに〝おかしい〟。だけど、今それを追及しておかしな対応をされたら、リサが危ない。

とにかくリサの安全を確保したい一心で、俺は目の前にいるこいつが望んでいるであろう反応をする。

すると、案の定というか。嬉しそうな笑みと共に答えが返ってきた。

「決まってるだろう？　邪魔な君を、消しに来たんだ」

「だったら私だけ狙えばいいでしょう、みんなは、屋敷のみんなは関係ないはずです‼」

「そう出来るならそうするが、たとえば君を殺すと言って、はいそうですかと道を譲ってくれる人間が、グランベル家にいるのかい？」

「…………」

それに関しては、確かに否定は出来ない。

現に今も、リサが必死に「逃げてください……」などと口にしている。

「私達のことはいいですから……！　お嬢様の力なら、逃げることくらいは出来るはずです……!!」

確かにリサの言う通り、俺の魔法を駆使すればあるいは逃げられるのかもしれない。閃光《せんこう》で目を眩《くら》ませて、幻影を撒《ま》きながら全力疾走すれば……出来ないことはない、と思う。

でも、こいつの目が言ってるんだ。もし逃げたらリサも……ここに倒れてる人達も全員殺すって。

そんなの、絶対に嫌だ。

「君はね、やり過ぎたんだ。自覚の有無に拘《かか》わらず、君の存在は多くの人間の意識を変え、否応なく現状を掻《か》き乱《みだ》すイレギュラーだ。生かしておいたら、きっとこの国に大きな災いをもたらすだろう」

「だから、私を殺すんですか？」

「ああ。だが、タダじゃ殺さない。君が破壊した秩序を正すために、その身柄を利用させて貰うよ」

「……そうですか」

どうやら、すぐにこの場で殺されるってわけじゃないらしい。

それを聞いて少しだけ安心しながら、俺は自分の体調を改めて確認する。

……魔力はちゃんと全回復してる。これなら、やれるか。

「うぅ……」

「っ、大丈夫ですか？」

倒れた騎士が呻《うめ》き声を上げるのに合わせてしゃがみ込み、その手元をドレスのスカートで隠す。

そこで〝ある物〟を回収した俺は、キッと睨《にら》み付けながらもう一度立ち上がった。

「いいですよ、どこへなりと連れて行ってください。その代わり、ここにいる全員の命は保証して貰えますか？」

「ダメです、お嬢様!!　……ぐっ!?」

「リサ!!」

暴れ始めたリサのお腹を近衛騎士が殴り、そのまま気絶させてしまう。

乱暴に扱われて怒りの感情が湧き上がるけど、今はそれを必死に抑えた。

「賢明な判断だ。やれ」

「うぐっ……!?」

その一言で、私は突然後ろから床に体を叩き付けられ、そのまま縄で縛られる。

視線だけで振り向けば、そこにいたのは以前にも見た、獣人の女の子だった。

「……ごめん、なさい」

わざわざ伏兵を忍ばせておいたあたり、この男は俺が暴れ出す可能性もきっちり考えていたらしい。

こんな子供を奴隷の首輪で縛って、隷属契約の力で無理矢理言うことを聞かせてることからしても、根本的に人を信用していないように見えた。

……だからこそ、それが隙にもなるんだろうな。

「ありがとう」

「……………」

俺を拘束する女の子に、小さくそう囁きながら。

こうして俺の身柄は、〝シグート王子〟によって誘拐されていくのだった。

ユミエが誘拐されるのとほぼ時を同じくして、リフィネの下にも一通の手紙が届いていた。

差出人の名はシグート。中には、「周囲には内密に、リフィネにだけ話したいことがある」というメッセージと、それを実現するための秘密の会談場所として、王宮と離宮を繫《つな》ぐ隠し通路の存在が記されていた。

元々、城が襲撃を受けた際に王族を密《ひそ》かに逃がすために作られた道で、離宮を建てる際にシグートの指示でそちらにも道を延ばしていたらしい。

自分がこれまで知ることのなかった、兄の気遣い。それを知って温かい気持ちになりながら、リフィネは言われるがままに一人で隠し通路を進んでいく。

「ええと、この先を右か。……しかし、こんなところで一体何の話があるのだろうか」

光の基礎魔法、《灯火《ライト》》によって薄暗い通路を照らしながら、リフィネは違和感を覚えていた。

単に内緒の話をしたいというなら、王宮か離宮にある応接室で構わない。元より、そうした内緒話をすることも想定して作られた部屋なのだ、これ以上に適した場所などそうそうないだろう。

それに、リフィネが聞いていた話では、シグートは今戴冠に向けた準備で忙しく、半ば軟禁状態で政務に励んでいるはず。それはもういいのだろうか？

「うーむ……まあ、会えばきっと分かるのだ」

深く考えるのをやめ、リフィネはずんずんと先に進む。

胸の内に違和感は覚えても、根本的に社会経験の少ないリフィネには、一度信じた相手の言葉を疑うことなど出来るはずもなかったのだ。

結果として、彼女は――ほとんどの人間がその場所を知らない、隠し通路の終点にある部屋の中へと辿《たど》り着《つ》いてしまった。

「兄上……？」

松明《たいまつ》が焚《た》かれ、中は明るい。

普段使われることのない場所だからか、これまで同様にカビっぽい臭いのする石造りの部屋の中央には……リフィネの予想通りの、シグートの姿と、なぜかもう一人。

椅子に縛り付けられぐったりした、ユミエがいた。

「やあ、待っていたよ、リフィネ」

「え……？　これは、どういう状況なのだ……？」

兄に呼び出された先で待っていた光景に、リフィネの理解が追い付かない。

二人きりで話したいと聞かされていたのに、なぜユミエがいるのか。なぜ拘束されているのか。

なぜ……ユミエの顔が、まるで暴行でも受けたかのように腫れ上がっているのか。

「それに答える前に、一ついいかな？　リフィネはパーティーの時に言ったよね、僕の目指す王国のために、力になるって。その気持ちに、変わりはない？」

「それは、変わらないが……」

「それは良かった」

じゃあ、とまるで散歩に行くような気軽さで、シグートはあまりにも衝撃的な言葉を告げる。

「リフィネ、君にはユミエ・グランベルの処刑を頼むよ」

「……は？」

聞き間違いだと、そうに違いないと思ったリフィネだが、シグートの見せる表情は変わらない。

やがて、本気で言っていると理解した瞬間、リフィネは全身が沸騰するかのような激しい怒りが沸き上がった。

「ふざけるな‼　どうしてわらわが、そんなことをやらなければならないのだ‼」

「ユミエ・グランベルに、反逆の容疑がかかってるからだよ」

「そんなわけない、ユミエが反逆などするはずがないのだ‼　何かの間違いに決まっている‼　兄上が……他ならぬ兄上が、それを一番よく分かっているはずだろう⁉」

リフィネの記憶を過《よぎ》るのは、離宮で開かれた祭りの一幕。花火の下で見せた、シグートのユミエに対する想《おも》いだ。

そんなシグートが、昨日《きのう》の今日でこんなことをするなどおかしいと、リフィネは叫ぶ。

それに対して、シグートはあっけらかんと告げた。

「そうだね、確かに反逆の事実はない。だが、そういうことになる」

「……は？」

益々《ますます》意味がわからないと、リフィネが呆然《ぼうぜん》と立ち尽くす。

そんなリフィネに、シグートは優しく諭した。

あたかも、聞き分けのない子供に言い聞かせるように。

「それもこれも、リフィネのためだよ。王族として国を導くには、君は情に厚すぎる。王族というのは、私情を捨て、国のためにその全てを捧《ささ》げるからこそ人々から敬われるんだ。その一員として立つと決めたなら、リフィネもこれくらいの覚悟を示さないといけない」

「仮に、そうだとして……なぜユミエを処刑しなければならないのだ!? ユミエは何も悪いことなどしていないのに!!」

「危険だからだ、この小娘が」

その表情を剣呑《けんのん》なものへと変え、シグートが告げる。

滲《にじ》み出《で》る圧力に、リフィネは言葉を詰まらせた。

「この娘がしたことを、冷静に俯瞰《ふかん》したことはあるか？　グランベル家を立て直したことから始まり、本来相容《あいい》れないはずの貴族派令嬢達とも親しくなり、ベルモント家などもはや適当な口実で令嬢が泊まりに行くような仲だ。王家の問題にも介入し、引きこもりだった王女が社交界に顔を出したかと思えば、長年王国を悩ませていた派閥争いが今や終息へ向かっている……たったの、数ヶ月でだ」

奇跡という言葉でも生温《なまぬる》い、常軌を逸した改革速度。それを為《な》したのが、何の力もない婚外子の少女だというのだから更に驚きだ。

ほんの数ヶ月で、これほどの変化を周囲にもたらすのであれば……これが五年、十年と積み重なればどうなるか？　もはや、誰にも予想などつかない。

そして……その変化は、必ずしも良いことばかりとは限らないだろう。

「この娘を放置すれば、いずれ必ず国が傾く。……いや、既に傾きかかっている。それを阻止する機会は、今をおいて他にないんだ」

反論したいのに、シグートの語る言葉に宿る圧力が、それを許さない。

すっかり黙り込んでしまったリフィネに、シグートはゆっくり歩み寄って来た。

「これも国のため、僕達を信じる大勢の民のためだ。目の前の一人を殺すだけで、より多くの人が幸せになれる。そうした決断を下すのが、王族の役目というものだよ。それとも……僕のために力を尽くすと言ってくれたのは、嘘《うそ》だったのかい？」

「わ、わらわは……」

「どうしても無理だというのなら、今回のところはそこで見ているといい。僕が代わりにやろう」

「ま、待て、兄上!!　……うぐっ!?」

背を向けたシグートを止めようとするのだが、無造作に蹴り飛ばされてしまう。

痛みを堪《こら》え、何とか顔を上げたリフィネの視界に、ユミエに向かって剣を振り上げるシグートの姿が映る。

「や……やめるのだ――!!」

必死に手を伸ばすが、まだ幼いその手では到底届くはずもなく、身動きの取れないユミエに向けて白刃が振り下ろされ――ガキンッ、と。

剣同士がぶつかり合う硬質な音が響いたことで、リフィネは目を丸くした。

「ユミエ・グランベル……どこに、剣など隠し持っていた……!?」

「そんなこと、どうでもいいじゃないですか」

シグートの剣を、眼前に掲げた己の剣で防ぎ止める。

その瞳に力強い意志を宿しながら、ユミエは堂々と語り出した。

「それより、随分と好き放題言ってくれましたが……そういうあなたは、どうなんですか?」

「……何がだ」

「私情を捨て、国のために尽くす。未来の不穏分子を取り除いて、大勢の民を幸せにする……確かに、そういうことも時には必要でしょう。王族ともなれば、いつかそんな判断を下す覚悟をしなければいけないのかもしれません。でも……それは、切り捨てたことへの免罪符になんかなりませんよ」

ピクリと、シグートの表情が僅かに強張《こわば》る。

そんな彼に、ユミエは力の限り叫ぶ。

「誰も失わないために足掻《あが》いて足掻いて、一生懸命に道を探して、それでもどうしようもない状況で、切り捨てた罪も背負う覚悟で決断してくれるからこそ、人は〝王〟を信頼して命を預けられるんです!! あなたみたいに……他人の姿と名前を使って、自分の意見を勝手に代弁させるような卑怯者《ひきょうもの》に、シグートがずっと一人で抱え込んできた重責を、訳知り顔で語って欲しくありません!!」

「え……!?」

ユミエの言葉に、まさか、とリフィネがその男を見る。

剣を弾《はじ》き、一度距離を取ったシグートらしきその何者かは、ククク、と仄暗《ほのぐら》い笑みを浮かべた。

「全く……本当に、貴様は厄介な小娘だ……!!」

〝シグートだった者〟の姿が、ぐにゃりと歪《ゆが》む。

魔法なのは間違いないが、どこかリフィネの知るそれとは異なる異質な雰囲気を醸しながら、やがて現れたその姿は……王族派筆頭貴族、ナイトハルト家当主、アルウェ・ナイトハルトだった。

「やはり、私の見立ては正しかった。ユミエ・グランベル、貴様は確実にここで殺す……この私の手で‼」

「それなら私も、改めて宣言させて貰います」

剣を構え直したユミエが、アルウェと対峙する。

未熟な剣に、誰よりも強い〝覚悟〟を乗せて。

「私はユミエ・グランベル。護国の剣、カルロット・グランベルの娘です。王子の名を騙《かた》り、グランベル家の屋敷を襲撃し……あまつさえ、王女殿下を傷付けた罪で、あなたを拘束します。グランベルの名に懸けて‼」


アルウェ・ナイトハルト。確か、シグートの忠臣って言われてたけど……とてもそうは思えないな。

そんな風に思いながら、俺はまず自分のスカートを斬って深いスリットを入れ、動くのに支障が出ないようにする。

……正直、あまり戦闘に自信はない。

いざという時に使えるようにって、誘拐される直前にわざわざ魔法で隠してまで剣を持ち出したけど、俺の剣の実力はお兄様にも、グランベル家の騎士にも遠く及ばないんだから。

それでも、今この場でリフィネを守れるのは俺だけだ。

なら、やるしかない！

体の小ささを活《い》かし、地を這うような低い姿勢でアルウェに向けて突っ込んで、足を狙って剣を振るう。

「やぁ‼」

この体格差だ、真正面から剣をぶつけ合っても絶対に勝てないし、とにかく向こうにとって防ぎにくい攻撃をしないと。

「チッ……！」

狙い通り、アルウェは不安定な体勢で受け止めることを嫌い、俺の剣を跳んで躱《かわ》す。

そんなアルウェに追撃……の前に、俺は立ち位置を入れ替わるように通り抜け、リフィネとアルウェの間に立ち塞がるように改めて剣を構え直した。

「なるほど、〝護国の剣〟……あくまでそう在ろうというわけですか」

「当たり前です。私は何がなんでもリフィネを守ります」

出来ればアルウェを制圧して拘束してしまいたいのは本心だけど、まずはリフィネの身の安全が最優先だ。

こいつの狙いは俺を殺し、それをシグートの仕業だってリフィネに思い込ませること……だったと思う。その意味では、リフィネに死なれたらこいつも困るだろう。

でも、その狙いはもう既に破綻した。正体が割れた今、目撃者を消すためにリフィネをも殺そうとするかもしれない。

万が一の可能性だろうと、まずはそれを潰す。

「ははは。……気に入らないですね、その目。信じれば、努力さえすればどんなことでも成し遂げられると思っている、楽観主義の理想論者……私の、一番嫌いな目だ‼」

「っ……‼」

アルウェが嵌《は》めていた指輪が光った瞬間、魔法が発動した。

俺の《大火《ビッグフレア》》みたいな見せかけだけの風船じゃない、本物の火の玉。直撃すれば火傷《やけど》じゃすまないだろうってくらいのそれが、一気に五つ……俺の後ろにいるリフィネまで巻き込む勢いで飛んできた。

リフィネは、それを呆然と見つめている。

「リフィネ‼」

俺はリフィネの体を抱きかかえ、《風纏《ブルームアップ》》で力不足を補いながら大きく回避した。

背後で炎が弾け、熱風が頰《ほお》を撫でる。何とか地面を転がるようにして起き上がると、もう一度リフィネに声をかける。

「大丈夫ですか、リフィネ?」

「だ、大丈夫だ。すまない、ユミエ……」

「王族を守るのは家臣の務めです、気にしないでください」

それより、とアルウェの動きを注視しながらリフィネへ告げる。

「逃げてください。あいつは私が押さえますから」

「なっ……何を言っているのだ、ユミエを残してわらわだけ逃げるなんて、そんなこと……!!」

「私のためだと思って……お願いします」

リフィネを守りながらじゃ、全力で戦えない。

そんな俺の意思が、声に出せずとも伝わったんだろう。リフィネは今にも泣きそうな顔で唇を噛《か》んで、俺から離れていく。

「……どうか死なないでくれ、ユミエ……!!」

「もちろんです、約束します」

「絶対だからな……!!」

リフィネが走り去っていく気配を感じながら、俺は改めてアルウェと向き合う。

勝てるかどうか分からないけど……グランベルの名に泥を塗るような無様な戦いだけは、絶対にしない。

たとえ俺自身が勝てなくても、リフィネが逃げ切る時間を稼げれば、行方不明の俺達を探してくれているであろうお兄様達が、きっと助けに来てくれると信じて。

「やあっ‼」

先ほどと全く同じように、低い姿勢で突っ込んでいく。

そんな俺を、アルウェは嘲笑した。

「やはり子供だな‼　全く同じ攻撃パターンとは‼」

そう言って、再び指輪から発動される炎の魔法。飛んでくる火の玉の数も威力もさっきと同じで、このままいけば俺は炎に巻かれて死ぬだろう。

……アルウェの見ている俺の姿が、本物なら。

「何……⁉　幻影か‼　くそっ、一体どこに……‼」

爆炎の中で俺の姿がかき消えたのを見て、アルウェが焦る。

そんな彼の焦りにつけ込むように、俺は囁いた。

「残念、後ろですよ」

「くっ⁉」

アルウェが、慌てて背後を振り返る。

しかし、確かに声がしたはずの方向に俺がいなかったことに虚を突かれたのか、一瞬だけ棒立ちとなってしまう。

風の魔法によって、俺の声だけをアルウェの背後から響かせる、ちょっとした小細工。それが見事に嵌まったその瞬間、俺は魔法による偽装を解いて姿を現し、無防備なアルウェの後頭部に剣を叩き付けた。

「やぁ‼」

「ぐはぁ⁉」

叩き付けたといっても、あくまで剣の腹でぶん殴っただけの峰打ちだ。

リフィネを傷付けたっていうだけで、処刑されるには十分過ぎる罪ではあるけど……いくつか確かめたいこともあるし、出来ればちゃんと生かして捕まえたいと思ったからだ。

ただ……狙い通りの展開が上手《うま》く嵌まったのは喜ぶべきところなんだけど……それにしたって、あんな初歩のフェイントに、あっさり引っ掛かりすぎのような……。

「なんだ、その目は……私を、弱いとでも言いたいのか……⁉」

「えっ、いや、それは……」

実際、考えていたよりずっと弱いな、と思ってしまったのは事実なので、いまいち否定出来ない。

そんな俺を、アルウェは異常なくらい血走った目で睨む。

「どいつもこいつも……そんなに魔法が偉いか⁉　そんなものの強弱など、貴族にとって大した問題ではないというのに……‼」

何が逆鱗《げきりん》に触れたのか分からないけど、アルウェは冷静さを失ってる。

今の内に制圧してしまおう、と剣を構え直すんだけど……アルウェはそんな俺を無視して、周囲に向けて叫んだ。

「お前達、もういい、さっさと出てきなさい‼」

「なっ……⁉」

いつからそこにいたのか、部屋の四隅から近衛騎士が四人現れた。

俺が誘拐された時に見たのと、同じ騎士だ。なぜか姿が見えなかったから、アルウェにその所在を問い質《とただ》そうと思ってたんだけど……魔法でずっと隠れてたのか。

まずい、アルウェはどうも戦闘があまり得意じゃないみたいだけど、こいつらは本職の騎士だ。一対一でも勝ち目が薄いのに、それが四人ともなると……。

「痛っ……‼　放せ、放すのだ‼」

「っ、リフィネ⁉」

しかも、背後の通路からは、さっき逃げ出したはずのリフィネが、例の獣人の女の子に捕らわれて、ここまで引き摺《ひず》られて来た。

勝ち目が薄いどころか、リフィネを守るっていう本来の目的すら果たせそうにない状況に、俺は歯を食いしばる。

そんな俺に……絶対の優位を確信したアルウェは、一つの要求を突き付けた。

「ユミエ・グランベル。貴様に選択肢をやろう」

「……なんですか？」

「その剣でリフィネ王女を斬り殺すか、剣を捨ててそこの騎士達に無抵抗で嬲《なぶ》り殺《ころ》されるか、好きな方を選べ」

「なっ……何を言っているのだ、お前は!!　ふざけているのか!?」

アルウェの言葉に、俺よりも先にリフィネが反応した。

確かに、ふざけてる。俺に、自分の命かリフィネの命か選べって言ってるんだから。

でも……俺の頭に浮かぶのは、理不尽な選択肢への怒りよりも、純粋な疑問だった。

「選ぶ前に、一ついいですか？」

「何かな？」

「あなたの目的は、何なんですか？」

シグートに化けたり、俺を誘拐して、リフィネに殺させようとしたり、かと思えば今度はその逆だ。俺達を殺すだけなら、あまりにもやり方が回りくどい。

一体何がしたくてこんな真似《まね》をするのかと問えば、アルウェは決まっているとばかりに答えた。

「シグート殿下を王に据え、王国全土を王家の名の下に完全統一する。それが私の目的ですよ」

「……？　よく分かりませんね、それなら放っておいても実現されるでしょう」

シグートやグランベル家、ベルモント家の共同で行われたリフィネの誕生祭のお陰で、貴族達の結束と王家への忠誠は一段と強くなった。

それなのにどうしてこんな事件を起こしたのかと問えば、アルウェは分かっていないとばかりに叫んだ。

「それでは、あまりにも政治の場に〝異物〟が混ざり過ぎる。愚かな人間の俗物的な意見が次々に投げ込まれれば、その分だけ政治は停滞し、国の発展が阻害されてしまう。そんなこと、決してあってはならない‼」

だから、と。

「この私が王族派を纏《まと》め上げ、シグート殿下の周りを全て私の手の者で固める。誰もが王に歯向かわず、王の意思を遅滞なく国の末端にまで届ける強固な体制を築き上げる……‼　それが、それだけが、オルトリア王国の未来を築くたった一つの方法なのだ‼」

そのためには、貴族派と王族派の融和という今の状況を壊さなければならない。だから、貴族派の象徴になっているリフィネを呼び出し、シグートに反感を抱くように仕向けたかったと。

リフィネとシグートの仲が悪くなれば、その配下である両派閥の融和も有耶無耶《うやむや》になると踏んで。

その計画に俺を利用したのは、一番都合の良い人間だったからだ。

俺が死ねば、シグートもリフィネもその犯人を決して許さないだろう。

その憎しみを、兄妹でお互いにぶつけ合うように仕向けるつもりだったらしい。

「貴様のせいで、本当に尽《ことごと》く私の計画は台無しになってしまいましたからね。こうなった以上、多少強引にでも両派閥の間に亀裂を入れさせて貰います」

「………」

近衛騎士は、本来王族の命令しか聞かないはずの集団だ。そんな近衛騎士に俺が殺されて、その現場にリフィネがいれば、リフィネに臣下殺しの罪を被《かぶ》せられると思ったんだろうか？

本当に強引だし、そんなの上手くいくはずがない。多分だけど、俺がどんな選択をしても最後には俺達を二人共殺して、お互いに殺し合ったみたいに見せかけるつもりなんじゃないだろうか？

それなのに、敢《あ》えて俺に選ばせるのは……こいつの計画とやらが破綻した腹いせ、かな。

もしそうなら、本当にバカバカしい。そんなくだらないことに……リフィネを巻き込まないで欲しいよ。

「はあ……」

全てを聞き届けた俺は、剣を無造作に投げ捨てる。

愉悦の表情を浮かべるアルウェを無視して、俺はリフィネの方へ向き直った。

「何をしているのだ、ユミエ!!　わらわのことなんて、もう放っておいていいから……お願いだから、ユミエだけでも逃げてくれ!!　いつもわらわに散々苦汁を飲ませているユミエなら、それくらい簡単だろう!?　必要ならわらわを殺してくれたっていい、だから……だから!!」

泣きながら、必死に俺に逃げろと叫ぶリフィネを見て、やっぱり俺は間違ってなかったなって思う。こんな状況で、自分より他人の命を心配出来る人なんて、そういないだろうから。

そんなリフィネだからこそ……俺も、命を懸けられる。

誰よりも優しいリフィネのことが、大好きだから。

「リフィネ。たとえ私がどうなっても、あなたのせいなんかじゃありません。シグートも、お兄様も、お父様もお母様も、モニカさんも、離宮の皆さんも……みんな、同じように言うはずです。だから……どうかこんなやつの口車に乗って、自分を責めないでくださいね」

「やめろ……やめてくれぇぇぇ!!」

リフィネの悲鳴を切っ掛けに、四人の近衛騎士が俺に襲い掛かってきて。

無抵抗な体に、容赦なく鎧《よろい》に包まれた拳を叩き付けられた。

何度も、何度も。


「くそっ、どこにいるんだよ、ユミエは!!」

王都にある、グランベル家の屋敷にて。叩きつけられた拳によって、木製の壁が無惨に破壊された。

そんな暴挙に走りながら、それでもニールの焦燥は収まらない。何せ、屋敷に戻ってみれば使用人と騎士が全員打ち倒されており……全員が、シグートの護衛騎士にやられたと証言しているのだ。

しかも、ユミエが誘拐されるという最悪の失態と共に。

「落ち着け、ニール。そんなことをしても、ユミエは帰ってこないぞ」

「父様、だけど‼」

「ニール」

カルロットの呼びかけは、決して声を張り上げたわけではない。しかし、その言葉に込められたあまりにも強い圧によって、さしものニールも黙り込むしかなかった。

一見冷静なように見えて……カルロットもまた、抑えきれない激情によって魔力が溢《あふ》れ、空気が物理的に震えているのだ。

「……シグート殿下とリフィネ殿下も見付からないか？」

「はい。両名とも、いつの間にか部屋から姿を消していたようです。それから……」

「それから？」

「……既に、町中で王族がグランベル家の令嬢を誘拐したらしいという噂《うわさ》が広まりつつあります」

騎士からの情報を聞いて、カルロットは「そうか」と黙り込む。

いくらなんでも、情報の拡散が早すぎる。

シグートがユミエを攫《さら》ったという証言も含め、作為的な状況なのは間違いない。何らかの手で、ユミエ誘拐の罪をシグートに着せようとしているのだろう。

だが……それを察して動きたくとも、あまりにも情報が足りなかった。

（くそっ……娘一人も満足に守ってやれんとは……!!）

己の不甲斐《ふがい》なさと犯人への怒りで、カルロットもまた気が狂いそうなほどの焦燥に駆られる。

今こうしている間にも、ユミエが何者かに傷付けられているかもしれないのだ。早く助けに行ってやりたいのに、その手段がない。

せめてここがグランベル領なら。祭りの最中で大勢の民でごった返していなければ。……全ての障害を権力でねじ伏せてくれる、強大な〝王〟がいてくれれば。

そんな考えばかりが頭を過《よぎ》る中、それでも動かせるだけの手勢を動かして捜索を続ける。

リリエもまた、グランベル領から通信魔道具を用いて各貴族に働きかけ、どれだけ借りを作ることになっても構わないとばかりに協力を取り付けていた。

それでも……見つからない。

誰もが心折れそうなその状況で……一筋の光が、差し込んだ。

「旦那様!!　シグート王子殿下が見つかりました!!　今こちらへ向かっています!!」

「何!?　本当か!!」

思わぬ情報に、屋敷内は騒然となる。

やがて案内されて来たのは、間違いなくシグートだった。

ただし、外行きの格好ですらないラフな服装は、まるで着のみ着のまま逃げ出してきたかのようにくたびれている。

「殿下、ご無事で何よりです」

「心配したんだぞ、シグート！　一体何があったんだ⁉」

ひとまず臣下の礼を取るカルロットとは裏腹に、ニールはそんな時間も惜しいとばかりに詰め寄っていく。

落ち着けと窘《たしな》めようとするカルロットだったが、他ならぬシグートがそれを止めた。

「僕は何ともない。そもそも、ずっと王宮にいたからね」

「王宮に⁉　でも、行方不明だって……」

「ああ、部屋の前を固めていた近衛に、外で何かあったから出てくるなと閉じ込められていた。やはり、僕は王宮から消えたことになっていたんだな」

それを察して、本当に抜け出してきたのだとシグートは語る。

いの一番にグランベル家を頼ったのは、シグートにとって最も信頼出来る家だったからに他ならない。

「状況はここに来るまでに概《おおむ》ね把握している。ユミエが攫われて、リフィネも行方不明だぞうだね？」

「はい、何の手掛かりもなく、捜索が難航している状態です」

「……賊に誘拐されたユミエと違い、リフィネは状況から見て自力で抜け出した可能性が高い。王宮の人間同様、離宮の人間も買収された可能性がないとは言えないが……一切の騒ぎを起こさずとなれば、やはりリフィネ自身の意思だろうね」

「けど、リフィネ王女が誰にも見付からずに離宮から抜け出すことなんて出来るのか？　出来たとして、何のために？」

思わずといった様子で、ニールが口を挟む。

誰にも気付かれず、王女が離宮から姿を消した。動機も、その方法も不明だからこそ、誰もがその足取りを掴めず苦労していたのだ。

しかし、シグートはそれも察しているのか、淀《よど》みなく答えた。

「理由は概ね想像がつく。僕の名前で誘《おび》き出《だ》されたか、ユミエを人質に取られたか……そして、抜け出す方法だが……離宮の地下にある、王族用の隠し通路がある。それを使ったんだろうね」

リフィネはそれの存在を知らなかったはずだけど、とシグートは乾いた笑みを浮かべる。

賊への怒りと、何かに激しい後悔を抱くようなその表情に、誰もが言葉を失い……やがて、そんな感傷を吹き飛ばすように、シグートは宣言した。

「隠し通路の終点は僕が把握している。誰が信用出来るのか、まるで分からない状態だ、〝敵〟にこちらの動きを悟られないために、最小限の人数で向かう。ニール、カルロット卿、僕に続け」

「おう!!」

「承知しました」

ユミエとリフィネを救うため、シグート達が動き出す。

どうか間に合ってくれと、誰もがそんな願いを胸に抱きながら。


ユミエが、壊されていく。

その光景を目の当たりにしながら、リフィネは泣き叫んでいた。

「放せ、放せぇぇぇ!!　ユミエが、このままではユミエが……!!」

「………」

助けに行こうと暴れるが、自身の体は獣人の少女に拘束され全く動けない。

どうしてこんなことになったと、心の中で自問する。

自分が欲張ったから罰が当たったのだろうか?

ただユミエと一緒に、離宮でくだらない勝負を繰り返す毎日だけで十分に幸せだったというのに、もっと欲しいなどと願ったから。

兄上とも仲良くなりたい。もっと友達が欲しい。

もっと……たくさんの人に好かれたいと。

「もうやめてくれ!! もう何も望まない、ユミエ以外何もいらない、もう二度と離宮から出て来たりしない!! だからユミエは、ユミエだけは助けてくれ……!!」

「そんな……悲しいこと……言わないで、ください……」

リフィネの必死の懇願を否定したのは、今まさに嬲られている真っ最中のユミエだった。

明らかに重傷だ。殴られすぎた顔はもはや本人だと分からないほどに腫れ上がり、手足があり得ない方向に曲がっている。

まだ意識を保っているだけでも奇跡だ。同じことをされて、正気でいられる自信がリフィネにはない。

それなのに……ユミエは、笑っていた。

泣き叫ぶこともなく、自身を嬲る騎士達やアルウェを恨むでもなく、ただ傷付くリフィネの心を想い、少しでも安心するようにと。

そのあまりにも強すぎる意志の光に、騎士達も手を止めてしまう。

「リフィネは……何も、間違ってなんて……いません。もっと、欲張っていいんです……我慢しなくて、いいんです……だって、リフィネは……こんなに、優しくて……いい子なん、ですから……みんなに、愛される……立派な、王女です……」

「っ……‼　嬉しくない、今そんなこと言われてもちっとも嬉しくないのだ‼　いくら友達がいても、いくら愛されても……‼　そこにユミエがいなかったら、何の意味もないのだ‼」

叫びながら、ようやくリフィネは理解した。自分がもっと欲しいと願った理由を。

ただ、誰かに自慢したかった。自分の初めての友達を、何より大切と思える人を、誰かに話して共有したかった、ただそれだけだったのだ。

だからこそ、ユミエを失いたくない。ユミエを失うくらいなら、他のものなんていらないと心から思える。

そんなリフィネに、ユミエはなおも微笑んだ。

「心配、しないでください……きっと、助けは来ます……それまでの、辛抱ですから……」

「助けが来る？　……ははは、まさか本気でそう思っているのですか？　バカバカしい。ここは本来王族しか把握していない極秘の隠し通路です、グランベル家の人間ではどう足掻いても見つけることなど不可能。そして、唯一把握しているシグート殿下には、この件が当分伝わらないよう私の手の者を監視に付けています。いつまで待とうが、助けなど……」

「来ますよ。絶対に」

ユミエの希望を踏《ふ》み躙《にじ》ろうと嘲笑するアルウェだったが、ユミエの心がブレることはなかった。

一切の迷いがないその断言に、さしものアルウェも口を閉ざす。

「確かに、普通なら……助けが来るなんて、あり得ない、状況かもしれません……それでも、私は……最後まで、信じます……お兄様は……お父様は……シグートも、みんな……今この時も、きっと……必死になって、私達を、探して、くれてるって……」

だから、と。ユミエは、ゆっくり体を起こした。

右腕と右足が折れた状態で、まともに起き上がれるはずがない。何度もバランスを崩して倒れ、その度に全身を襲う激痛に、唇を噛み切ってしまうほど強く歯を食いしばりながら、それでも諦めずにフラフラと立ち上がる。

まるで……どんなにあり得ないことだろうと、諦めなければ叶《かな》うのだと、示すように。

どんな絶望も乗り越えてみせると、叫ぶように。

「みんなが、頑張ってくれているのに……私一人だけ諦めて、絶望の中で死んでいくことなんて、出来るわけありません……!! だから、私は信じます。みんなが、必ず助けに来てくれるって……この命が、尽きるまで……いえ……たとえ死んで、魂だけになっても、信じ続けてみせます!!」

「っ……!! もういいです、無駄に甚振《いたぶ》るのはやめて、さっさとそいつを斬り殺しなさい!! その減らず口を、今すぐに閉じてしまえ!!」

ユミエの見せた心の強さに気圧《けお》されたかのように、アルウェが指示を飛ばす。

それを受けて、騎士達が次々と剣を抜くのだが……一人だけ。

半ばまで剣を抜いたところで手が止まり、震えている。

「何をしているのです？　早くその小娘にトドメを……‼」

「もう……やめにしませんか、侯爵様」

「……は？」

ポカンと口を開けたまま固まるアルウェの前で、その騎士は剣を収めてしまう。

そしてアルウェへと向き直り、今にも泣きそうな……深い葛藤を思わせる表情で告げた。

「自分は、侯爵様の理想がこの国の未来を築くと信じて、ここまでついてきました。しかし……この少女を殺すことが、国の未来に繋がるとは……どうしても、思えません」

「な……何をバカなことを言っているのです⁉　分かっているのですか、今更降りたところで、あなたの犯した罪が消えるわけではない、間違いなく処刑されるのですよ⁉」

過去の所業は一旦おいておくとしても、今この場で犯している罪だけで十分過ぎるほどの大罪だ。

王女及び、伯爵令嬢の誘拐、暴行。裁判を経ず、その場で斬り捨てられても文句は言えない所業である。

それを全て理解した上で、まだ年若いその騎士は頭を下げた。

「覚悟の上です。……一度は忠誠を誓いながら、最後までその意に沿うことが出来なかったこと、謝罪致します」

「…………」

そんな騎士の後に続くように、他の騎士達も次々と剣を収め、彼の隣に並んでいった。

まるで、処刑の時を待つ囚人のように。

「私も、これ以上剣を振るうことは出来そうにありません」

「この少女を見ていたら、自分が騎士になろうとした時の気持ちを思い出すのです。最期くらいは……かつての自分に恥じない生き方をして、死にたく思います」

「申し訳ありません、侯爵様」

「なっ……なっ……!!」

次々と離反していく騎士達に、アルウェはワナワナと震え出す。

ユミエが何かしたのではないかと疑うが、この状況には彼女自身も驚いているように見える。

〝また〟それかと、アルウェは叫んだ。

「何が、殺したくないだ……何が、昔の自分を思い出すだ……!! こんな、何の力もない小娘の戯言《たわごと》に振り回されやがって!! ふざけるな、ふざけるなぁ!!」

普段の丁寧な口調すら投げ捨てて、認められないとばかりにアルウェが叫ぶ。

こんなことは、あり得ない。あってはならない。

たかが言葉で、たかが行動一つで、魔法もなしにこうも人の心を変えられるなど、絶対に認めない。

もしそれを認めてしまったら——これまで、自分がしてきたことが無駄になってしまう。

「もういい、今度こそこの私自身の手で殺してやる‼　そこを退《ど》け‼」

アルウェが指輪を起動し、炎の魔法で無防備な騎士達を吹き飛ばす。

倒れ伏す彼らには一瞥《いちべつ》もくれず、アルウェはユミエの前で剣を振りかぶった。

「っ、やめ……‼」

「あぁぁぁぁぁぁぁッ‼」

リフィネが叫ぼうとしたその瞬間、突如命を振り絞るような悲鳴が上がる。

悲鳴の主は、獣人の少女。その首輪が不気味な光を放ち、少女を苛《さいな》んでいた。

主《あるじ》に対して明確な反意を抱くか、命令に逆らった場合に発動する、隷属契約の力。そして今、彼女が受けている命令はリフィネの捕縛だ。

それを分かっていながら……それでも、少女はリフィネから手を放していた。

その行動が意図するところに気付けないほど、リフィネも鈍くはない。

「ユミエから……離れるのだ‼」

幼い頃からずっと持て余してきた魔力を全力で肉体の強化に回し、砲弾のような勢いでアルウェへ向けて突っ込む。

技術もへったくれもない、ただの体当たり。しかし、魔法で強化されたその一撃は、アルウェを吹き飛ばすには十分な威力を持っていた。

「がはぁ……⁉」

剣を取り落とし、壁に叩き付けられるアルウェ。

一方のリフィネも、無理な攻撃で頭を打ち付けたのか、脳震盪《のうしんとう》で上手く立てなかった。

「どいつも、こいつも……‼　私に逆らってばかりで……そんなに私が気に入らないか？　私が間違っていると言いたいのか‼」

アルウェの指輪が光を灯《とも》し、宙に無数の炎を出現させる。

その大きさと熱量は、明らかにこの場の全員を殺すのに十分な威力があるだろう。

「ならば……全て消えてしまえ‼」

放たれたその炎を防ぐ術《すべ》は、リフィネにはない。

せめてユミエだけでもと、もはや意識もハッキリしていない彼女に覆いかぶさるような格好で押し倒し――

「ああ……何度でも言わせて貰おう」

その炎がリフィネ達を焼き焦がす前に、ひと振りの剣によって掻《か》き消《け》された。

そこにいる誰にとっても予想外で……唯一、ユミエだけが信じ続けていた男が、そこに立っていた。

「アルウェ・ナイトハルト……お前は、間違っている」

シグート・ディア・オルトリア。オルトリア王国第一王子にして、次期国王。

王座がほぼ空位に等しい今、実質的な最高権力者の位置にいる彼は、かつてないほど冷たい声色でそう告げた。


「リフィネ……無事か？」

炎を切り払い危機を回避したシグートは、すぐに最愛の少女達の傍にしゃがみ込む。

そんなシグートに、リフィネは顔をくしゃりと歪めながら泣き付いた。

「わらわは、何ともないのだ……だが、ユミエが……ユミエが……!!」

「…………」

リフィネに言われるまでもないほどに、ユミエの状態は酷《ひど》かった。

全身打撲だらけ、無惨に折り砕かれた手足など、もはや元通り歩けるようになるかも怪しい。

それどころか……一刻も早く治療しなければ、命にも関わるだろう。

そんな状態で、ユミエはゆっくりと口を開いた。

「シグー、ト……助けに、来てくれたんですね……」

「ああ、もうじき君の家族も来る、だからそれまで頑張って」

何とか心だけでも元気付けようと声をかけると、ユミエはほんのりと微笑んだ。

「リフィネのこと……それから……そこに、倒れてる……女の子……騎士の人達、も……お願い、します……みんな……私を、助けようと……して、くれて……」

「…………」

リフィネは分かるが、他の者達はユミエの誘拐に直接関わった実行犯だ。瀕死《ひんし》の重傷を負わせたのも間違いなく彼らだろうと、現場を見ていないシグートでさえ察せられる。

それなのに、自分自身よりも優先しようとするユミエの言葉に、シグートは激しい苛立《いらだ》ちを覚え……今はその時ではないと飲み込んで、同じように微笑み返した。

「ああ、任せておいて。だから今は……ゆっくり休むんだ」

「はい……」

やはり限界だったのか、すぐに意識を失うユミエ。

そんな彼女の前で、リフィネは益々《ますます》ボロボロと涙を溢《こぼ》した。

「ユミエは、ずっとわらわを守ろうとして……ユミエ一人なら、こんな酷い目に遭うことなんてなかったはずなのに……わらわが、わらわがいたから……‼」

「リフィネのせいなんかじゃない。あまり自分を責めないで」

泣き続けるリフィネにそう伝えながら、シグートは再び剣を手に立ち上がる。

恐ろしいほどに平坦《へいたん》なその声と冷たい眼差《まなざ》しを向けられたアルウェは、ゾクリと背筋を震わせた。

「悪いのは……お前だ。アルウェ・ナイトハルト」

「殿下、誤解ですよ。私はただ、お二人を賊に通じていた騎士達から守ろうとしただけで……」

「私の部屋の周囲どころか、王族にしか知らされていないはずの隠し通路にまで貴様の配下を忍ばせておいて、よくそんなことが言えるな？　お陰で、グランベル家の二人に対処を押し付ける形になってしまったよ。……だがまあ、判断としては、悪くなかったのかもしれないな」

「……は？」

まだ距離がある状態で、シグートが剣先を振るう。

それだけで、アルウェの片腕が斬り飛ばされた。

「あぐぁ……あぁぁぁぁ!?」

「もし、この場にいるのがあの二人のどちらかだったら……貴様は今頃、首が飛んでいる」

私人としての口調ではなく、〝王〟としての口調で語りかけながら、シグートは一歩ずつアルウェに近付いていく。

能面のような無表情から放たれる圧の強さに、アルウェは腕を失った痛みも忘れて叫んだ。

「何を……何をなさるのですか‼　全ては誤解だと、そう言って……」

「王女誘拐、令嬢への暴行、その現行犯だ。この場で処断して何が悪い？」

「それは……‼　そこの騎士達ならまだしも、私はナイトハルト家の、侯爵位を持つ上位貴族です‼　それを裁判も経ずにいきなり独断で処刑などと、大問題ですよ⁉」

「おかしなことを言うな？　アルウェ。これこそが、貴様の望んだ王の姿だろう？」

「……は？」

意味が分からないとばかりに呆《ほう》けるアルウェの足に、シグートは剣を突き立てる。

痛みのあまり絶叫する彼に、シグートはあくまで淡々と告げた。

「私の周りを貴様の配下で固め、一切の異論を許さず私の意志を国の末端にまで遅滞なく行き渡らせる、だったか？　以前からお前は、そう言っていたな。……それはつまり、こういうことだろう？　貴様は罪を犯した。よりにもよって、私の最愛の妹と友人を傷付け、殺そうとした。私がそう判断した。処刑の理由として、これ以上に正当なものもあるまい？」

シグートの言い分に、アルウェは何も言い返せない。事実、彼の目指していた体制には、そういった一面も間違いなくあったからだ。

それを、アルウェはずっと気付いていなかった。否、分かっていて、その危険性に目を向けることは一度としてなかったのだ。なぜなら……。

「それとも……実際に統治するのは傀儡《シグート》の王ではなく自分だから、何も問題はない……とでも思っていたか？」

「っ……!!」

王族派を纏め上げ、その力を背景にシグートの後ろ盾となることで、自らの主張を押し通してきたアルウェが目指していたのは、シグートによる絶対王政……に見せかけた、自分の手による王国の統治。事実上の乗っ取りだった。

それが見え透いていたからこそ、シグートはこれまでずっとアルウェを信用出来なかったのだ。

「ふざけるな」

足を貫いた剣をそのまま捻《ひね》り、アルウェに耐え難い激痛を与えながら、シグートは怒りを燃やす。

そして、耳障りな悲鳴にも負けない声量で、ハッキリと告げる。

「貴様がやろうとしていたことは、統治などではない。自分の意見を絶対だと言いながら、その責任だけを他者に押し付けヘラヘラと笑う、ただの卑怯者だ!!」

シグートはずっと、父王の背中を見て育って来た。なまじ優秀な子供だったからこそ、父が背負う〝国〟というものの重みを、きちんと理解出来てしまっていたのだ。

だからこそ、シグートはそれを軽々しく振るおうとするアルウェが許せなかった。

シグートの父は……その重責に耐えきれず、体を壊してしまったのだから。

「覚悟しろ、アルウェ・ナイトハルト。楽に殺しはしない……その罪の重さ、骨の髄まで刻み込んでやる」

その瞳に浮かぶあまりにも強い激情に、アルウェはようやく悟った。もう、ここから自分が何をしようとも、シグートは止まらない。周りに何を言われても、確実に処刑は実行され……ナイトハルト家の名すらも、歴史の闇に葬られることになるだろうと。

故にこそ、彼は最後の悪足掻きに出た。

「何をしている、〝こいつを私から引き剝がせ〟!!」

奴隷の首輪の主《あるじ》として発せられた命令が、獣人の少女にまで届く。

先ほど、リフィネを解放しようとして限界まで命令に逆らい疲弊した少女には、もはや新しい命令に反抗出来るほどの気力はない。無意識に刻み込まれた暗示に従うまま、シグートへ殴りかかる。

「ちっ……！」

少女の攻撃を躱すため、シグートが距離を取る。

その瞬間、アルウェは懐から水晶球を取り出し、地面へと叩き付けた。

「っ、これは……!!」

アルウェと少女を包み込むように浮かび上がる、複雑怪奇な魔法陣。

それは、王国においてあまりの危険度から未《いま》だ実用化されていない高難易度魔法……

《転移《ポータル》》だった。

「アルウェ……逃げる気か」

「おっと……今は手を出さない方がいいですよ、殿下……この魔法が失敗すれば、その余波だけで周辺被害が大きいですからね……それは、あなたとて本意ではないはずです」

「……………」

シグート一人ならまだしも、この場にはリフィネも、瀕死の重傷を負ったユミエもいる。アルウェの魔法が暴発した場合、とてもではないが二人は耐えきれないだろう。

それ以上手が出せないシグートに、余裕を取り戻したアルウェは嘲りの表情を浮かべた。

「くふふ、もはやこの国に私の居場所はないようですし、大人しく隣国にでも渡るとしますよ。私という存在を失うことが、王国にとってどれほどの痛手だったか……精々後になって後悔するといい……!!」

「そんなもの、とっくに背負うと決めている。あまりこの国を舐《な》めるな」

それから、と。シグートは、徐々に魔法陣に溶けて消えていくアルウェに向け、鋭い眼差しで告げる。

「逃げ切れると思うなよ。言ったはずだ、いつか必ず、僕の〝剣〟をお前に届かせると」

「くふ、くふふ……！　やれるものなら、やってみるといい」

その言葉を最後に、アルウェの姿が完全に消える。

そして時を同じくして、カルロットとニールの二人が現場に到着した。

「くそっ、なんだよこの地下通路、道が複雑過ぎて……っ、ユミエ‼」

「殿下、これは一体……」

到着するなりユミエの下に駆け寄るニールと、まずは状況判断に努めるカルロット。

ひとまず最低限の冷静さは保っているらしい彼に、シグートは声を上げる。

「カルロット・グランベル。〝国王代理〟として、シグート・ディア・オルトリアが〝王命〟を下す。心して聞け」

「はっ！」

王命。すなわち、国王としての名を使い、それ以外のあらゆる物事、指示を無視して最優先に実行される、最上級の命令だ。

国内の全ての人間は、これを受諾した者に最大限の助力をしなければならないと法で定められた、超法規的措置。たとえ国王でも軽々しく使うことは出来ず、それによって生じた全ての責任を負うことになる諸刃《もろは》の剣《つるぎ》だ。

それを、シグートは代理の立場で実行に移した。

その覚悟を聞き届けるべく、カルロットは伏してその言葉を待つ。

「手段は問わない、ナイトハルト家を叩き潰せ」

「御意」

第五章

ナイトハルト家の末路

Episode.
05

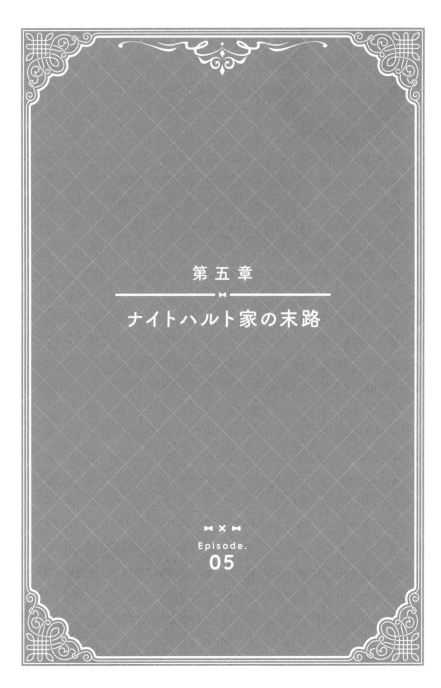

「はあっ、はあっ、はあっ……‼」

転移魔法によってその場から逃走したアルウェが向かった先は、ナイトハルト家の本邸。この魔法のためだけに用意された、専用の儀式部屋だった。

王都からさほど距離もなく、その気になれば一日で到着出来てしまう距離にある屋敷だが、転移魔法は発動条件や制限がかなり多く、咄嗟《とっさ》の逃亡先に設定出来る場所がここしかなかったのだ。

転移を終えたアルウェは、切り落とされた腕の出血をすぐさま魔法で止めると、共に転移してきた獣人少女の髪を摑《つか》んで部屋を出る。

「旦那様？　王都に行っておられたはずでは……ひっ⁉　旦那様、腕が‼」

「うるさい、いいから仕事に戻れ」

突如現れ、隻腕になっている主人の姿に驚くメイドを、適当に追い払う。

一気に騒々しくなる屋敷の中を突っ切って、アルウェは自室に足を踏み入れた。

（クソッ……何もかも全て台無しだ‼　一体どうしてこんなことに……‼）

少女を適当に床に投げ捨てたアルウェは、そのまま隣国へ落ち延びるための荷造りを始める。

亡命するとなれば、連れ歩く人員と荷物は最低限にしなければならないだろう。護衛はこの少女がある程度こなせるはずなので、後は隣国への手土産となるものや移動中に消費する食料などを持てばいい。

本音を言えば、隷属契約の魔法に何度も逆らい命令に反する奴隷など、もう使いたくはないのだが……この少女は単なる護衛や暗殺者というだけでなく、隣国との取引の一環として運用している〝研究素体〟であるため、無闇に捨てることも出来ないのだ。

だが逆に言えば、生きてさえいればどれだけ雑に扱おうと構わないため……アルウェの苛立《いらだ》ちは、当然のように自らに逆らった少女へ向く。

「この、役立たずが‼　最初から、お前が上手《うま》くあの小娘を殺していれば、こんなことにはならなかったというのに‼」

「うぐっ、あっ……‼」

荷造りの途中、投げ捨てられたまま横たわる少女を邪魔に感じた瞬間、積もり積もった怒りを爆発させたアルウェは、その体を何度も踏み付ける。

魔物の因子を人体に組み込み、驚異的な身体能力と魔法適性、再生能力などを付与しようという禁忌の研究によって生み出されたその少女は、多少のことでは壊れない。自らの手で研究を主導してきたアルウェは、それをよく理解している。

理解しているからこそ余計に、その暴力には容赦がなかった。

「何なんだ、あの小娘は‼　どうしてあの状況であんなことが言える⁉　どうしてこうも予想外のことが起きる‼」

目の前にいる少女とユミエの面影が重なり、暴力に拍車がかかる。

最初は、単に愛想がいいだけの子供だと思っていた。

グランベル家は元々単純で情の深い人間が多かった。それを籠絡《ろうらく》するというのは、難しくはあっても不可能ではないのだろう。

令嬢達を虜《とりこ》にしたのも、まだ理解は出来る。貴族といえど、所詮は子供だ。利害よりも感情が先行し、派閥を越えた友情を抱いてしまうのはままあることだろう。そんな人間に王女が懐くのも、ある意味必然だ。

だが、政治的な思惑が絡む離宮の人間が全て王女側へ寝返り、大多数の貴族達が大きな反発もなく派閥の合流に好意的な見方を示したのは、異常という言葉では片付けられない。

ましてや……罪を認めれば処刑は確実という状況で、腹心と呼べるほどの騎士達が全員寝返っていったのは、悪夢だとしても質《たち》が悪すぎる。それが現実に起こったと言われても、知らない人間は誰もが鼻で笑い飛ばすだろう。

笑い飛ばせないのは、まさにそれを目の前でやられたせいで追い込まれているアルウェだけだ。

「クソッ、クソッ、クソォォォォ!!」

力の限り叫び過ぎたアルウェは、少女への暴力を中断して呼吸を整える。

胸の内に抱えていた理不尽を吐き出したことで、少しだけ気が晴れて冷静さを取り戻した彼は、改めて荷造りを再開した。

「いつまで寝ている、早く起きて準備を手伝え」

「…………」

フラフラと起き上がった少女が、アルウェに言われるがままに荷造りを始める。

その緩慢な動きに舌打ちを漏らしながらも、これ以上余計なことをして時間を無駄にするわけにもいかない。この屋敷にいる使用人達に手伝わせられたら楽なのだが……この場に捨てていくつもりの者を利用すると、余計な勘繰りが入る可能性もある。

密《ひそ》かに、素早く準備を整え、誰にも知られることなく抜け道から国外へ逃亡するのだ。

しかし、最低限の荷物として持ち出す物以外にも、アルウェには国内に残しておくわけにはいかない書類や研究データなどが多数存在する。それらを地道に魔法で焼却する作業は、予想以上に時間を取られた。

何より、シグートの剣によって片腕を落とされているのが非常に厄介だ。痛みで集中が乱れるだけでなく、慣れない隻腕では作業が思うように進まない。

そんな状態では、当然ながら時間は矢のように過ぎ去り……気付けば、二時間以上が経過していた。

「旦那様……旦那様‼」

「なんだ、騒々しい‼」

そんな中で、メイドがアルウェの部屋のドアを激しく叩《たた》いて呼びかける。

まさか夜逃げの準備をしているなどと言えるはずもなく、決して部屋に入らないように強く呼びかけるアルウェだったが……続く彼女の言葉に、それら全ての考えが吹き飛ぶほどの驚愕《きょうがく》に見舞われた。

「グランベル家の騎士団が、屋敷の前まで押しかけています。国家反逆罪の容疑で、旦那様を拘束すると‼」

「なんだとぉ⁉」

いくらなんでも早すぎると、アルウェは窓のカーテンを僅かに開け、外を確認する。

すると、確かにそこには鎧《よろい》に身を包んだ騎士団が展開しており、その先頭にはカルロット・グランベルの姿があった。

ギロリと、視線だけで人を殺せそうなほどに鋭い眼差《まなざ》しに貫かれたアルウェは、ぶわっと流れ落ちる冷や汗を知覚しながら、慌ててカーテンを閉める。

「旦那様、私達はどうすれば……‼」

「屋敷に詰めている騎士を全員出します。すぐに連中を蹴散らすように、伝えてきなさい」

「で、ですが……相手は、〝王命〟を受けてここにいると……」

直接顔を見ずとも青ざめていると分かる声色に、アルウェは歯噛《はが》みする。

王命を持ちだすことの重みを理解していれば、グランベル家がそれを持ちだしたことに正当性があると判断するのは当然のことだ。

事実、現時点では間違いなくあちらに理があるのだから、否定も出来ない。

「私に逆らうと？」

「い、いえ、そういうわけでは……！　す、すぐに伝えてきます！」

故にこそ、アルウェに出来るのは脅すことくらいだった。

表向きにはともかく、屋敷内では逆らう人間に容赦のない性格であると周知の事実であったために、メイドはすぐさま指示通りに動き出す。仮に主人が間違っているのだとしても、その命令を伝えるだけの自分に非はないはずだと、そう言い聞かせて。

そして……あくまで間接的に命令を伝えられるだけで情報不足の騎士団は、ひとまず動くより他に選択肢はないだろう。

そうして稼いだ時間を使って、逃げ切る。それだけが、アルウェの目的だった。

「行きますよ、ついて来い」

「…………」

これまで自身に仕えて来た人間も、家族も、王国への忠心さえ、全てを捨てての国外逃亡。

そんなことをして何になると、アルウェの心でかつての自分が囁《ささや》いた気がした。

そこまでして……お前は何がしたかったのだと。

「……くだらない」

かつての感傷を振り切るように呟《つぶや》きながら、アルウェは部屋を後にする。

それに続くように歩く少女は、窓のある方向を一度だけ振り返りながら、ボソリと呟いた。

「これで、やっと……全部、終わる」


「父様……今日は、手加減とか考えなくていいんだよな？」

「ああ。余計なことは考えなくていい、ただ力を尽くせ」

シグートからの王命を受けたグランベル騎士団は、既にナイトハルト家の包囲を完了させ、攻撃許可が下りるのを今か今かと待ちわびていた。

彼らの心に宿るのは、まるで復讐鬼《ふくしゅうき》のように黒く燃える絶大な戦意だ。

本来、戦いの前に過剰な戦意を抱くことは良い結果をもたらさないというのがカルロットの考えだったのだが……今回ばかりは、これでいいと判断し何も言わない。

代わりに、カルロットは背後の騎士達に別のことを尋ねた。

「お前達、一応聞くが……ここに到着するまでで既にへばっている者はいるか？　もしいるのであれば、大人しく見学していろ。今回は脱落した者の面倒まで見ていられるほど、心の余裕がある者は少ないだろうからな」

「問題ありません‼」

「俺達にも戦わせてください‼」

転移魔法によって逃走したアルウェを追うために、グランベル騎士団がとった方法は単純明快。ただ、全速力で〝走った〟だけだ。

魔法によって自己を、あるいは乗馬を強化し、ただ速く走り抜ける。そんな力業で、本来なら一日かかる道程を一時間程度に短縮する強行軍は、少なからず彼らの負担となっているだろう。

だが、それを表に出す者など一人もいなかった。

グランベル家の名を、威信を、そして何よりも大切なユミエを傷付けたアルウェ・ナイトハルトに正当な報いを受けさせる。その一心で、彼らは腰の剣に手を置いた。

「よし……ならばやるぞ、どうやらあちらも無抵抗のまま終わるつもりはないようだからな」

屋敷を包囲するグランベル騎士団に対抗するように、ナイトハルト家の騎士団が現れた。

ただし、彼らは現状をよく理解していないのか、戦意が高いとは言い難い。最初から守りに徹するつもりで門の内側に並び立ち、カルロット達を拒絶するように結界を張っている。

その守りが完成したところで、ようやく団長らしき男が声を上げた。

「それ以上近付くな‼　これは我らナイトハルト家に許された自治権に対する重大な侵害である‼　王家の名を騙《かた》ったこれ以上の暴挙には、我らもまた毅然とした対応を取ると覚悟して頂きたい‼」

「……王命であると、そう伝えたはずだが？　ナイトハルト家はそれを拒絶すると言うのか？」

「国王陛下は病に臥《ふ》せっており、正当なる王命を下せる者は現在王国にはいない。にも拘《かか》わらず王命を持ちだすグランベル家に正当性はない‼」

「なるほどな」

彼らもまた、自分達の主人が本当に正しいのか判断がつかず、迷っているのだろう。その言葉にはどこか力がなかった。

そうなるのも無理はないと、カルロットは〝常識〟として理解を示す。何せ、侯爵家当主の捕縛を王命として下されるなど、相当な重罪でなければあり得ない。それはもはや当人の処刑のみに留《とど》まらず、ナイトハルト家に仕える騎士や使用人までもが処罰される可能性が高いのだ。

それなら大人しく捕まるよりも、一縷《いちる》の望みに懸けた抵抗を……となってしまうのが人情だろう。

だが。

「ならば、覚悟しろ。王命に逆らった者に、情状酌量の余地はない」

他ならぬ今の彼の前では、それは自殺志願とさして変わりなかった。

剣を抜き放ったカルロットが、ゆっくりと前に進み出る。

王国最強の男が放つ圧力に、ナイトハルト騎士団の面々は誰もがたじろぐ。

「う……撃て‼　やつを撃ち殺せ‼」

結界内から次々と放たれる、同種同属性の魔法の雨。真っ赤に輝く炎の雨は、集団から離れたカルロットを容赦なく呑《の》み込《こ》んだ。

ナイトハルト騎士団の強みは、優れた魔道具によって実現された、魔法適性に左右されない高水準の魔法部隊だ。

通常なら人によって威力も得意な属性も異なる魔法を統一することで、部隊としての運用を容易《たやす》くし、頭数を増やすことに成功したナイトハルト騎士団の一斉射は、王国内でも五指に入ると言われる殲滅力《せんめつりょく》を誇る。

それをカルロットがまともに喰《く》らったことで、ナイトハルト側の騎士達に少しばかりの安堵《あんど》が広がった。

「ははは‼　いかに英雄といえど、数の暴力を前にしてはこの程度か、これで……‼」

勝ったと、そう言おうとして。彼は一つ違和感に気付いた。グランベル家の騎士達が、誰一人としてその光景を見て動揺していないのだ。

自分達の主《あるじ》が打ち倒されれば、どれほど精強な部隊であろうと平静ではいられない。もしそうならないのであれば、それは……。

「……温《ぬる》い」

主がこの程度で倒れるはずがないという、確固たる信頼があるからだ。

巻き上がる土埃《つちぼこり》を払いながら、ほぼ無傷のまま現れたカルロットの姿に、ナイトハルト側の誰かが呟いた。化け物か、と。

「この程度の力で、俺を止められるなどと思うな……‼」

カルロットが、ゆっくりと剣を掲げる。

それに合わせて展開される魔法陣が絶大な魔力を剣先に宿し、みるみるうちに巨大な光の剣身を形作っていく。

「貴様らが手を出したのが誰なのか、骨の髄まで刻み込むがいい‼　《光天神剣《シャイニングブレード》》‼」

光の剣が、一直線に振り下ろされる。

その一撃は、騎士数十名が全力で構築した結界と衝突し……まるで紙風船を突き破るかのような気軽さでそれを粉砕、眩《まばゆ》い閃光《せんこう》が地平の彼方《かなた》まで真昼のように空を白く染め上げる。

光が収まった後……そこには、歴史あるナイトハルト家の屋敷が無惨にも崩壊し、自慢の結界と共に戦力の大部分を喪失したことで恐慌状態に陥った騎士団という凄惨たる光景が広がっていた。

これが、オルトリア王国最強の騎士の力。

どんな魔法も、その身から無意識に垂れ流す魔力の圧だけで無効化され、どんな守りもその剣の前では紙くず同然に切り裂かれる。

〝一騎当千〟。伊達《だて》でも誇張でもなく、文字通りの意味で千の騎士にも匹敵する絶大な力を個人として保有するからこそ名付けられたのが、その二つ名だった。

「ニール、露払いは任せて、先に行け。アルウェ・ナイトハルトの捕縛はお前に任せる」

「それはありがたいけど……いいのか？　父様」

ハッキリ言って、もはやナイトハルト家の防衛戦力は機能していない。カルロットの一撃だけでほぼ決着がついてしまったため、後に控えていた騎士団の面々からも少々不満顔を向けられている有様だった。

ユミエを傷付けた張本人を斬る機会を欲しているのは、ここにいる誰もが同じ。それをわざわざニールに譲る理由を問われ、カルロットは勝利の喜びすら一切感じさせない暗い表情で口を開いた。

「俺の力では、すぐにやり過ぎてしまう。それでは……ユミエの願いを叶《かな》えられないだろう」

「…………」

王命は、ナイトハルト家を叩き潰すこと。そこに生死の別はなく、関わった人間全員を皆殺しにしても構わない。

だが……ユミエは、それを望まないだろう。

何せユミエは、自身へ実際に加害した当事者である近衛騎士《このえきし》達でさえ、「最後は味方してくれようとした」というだけの理由で庇《かば》おうとしていたと、出立前にシグートから聞かされたのだから。

「それに、アルウェ・ナイトハルトが連れ帰ったという獣人の少女は、政治的に非常に厄介な事情を孕《はら》んでいる。助けられるのはお前だけだ……頼んだぞ、ニール」

「ああ、分かった。任せてくれ、父様」

一つ頷《うなず》きながら、ニールはカルロットが穿《うが》った斬撃の痕を走り抜ける。

胸に渦巻く激情を堪《こら》え……せめて、妹のたった一つの願いくらいは叶えさせてくれと、そう祈りながら。


半壊した屋敷の中で地下へ続く隠し通路を見付け出したニールは、迷うことなく足を踏み入れる。

雷速で駆け抜けるニール相手に、多少早く出発していた程度で逃げられるはずもない。すぐに、アルウェと獣人少女に追い付いた。

「くっ、もう来たのか‼」

歯噛みするアルウェが、ニールを追い払うべく魔法を使う。

指輪から放たれた炎が、狭い地下通路を覆い尽くすが……それら全てを、ニールは一閃の下に斬り払う。

「なっ……⁉」

「これで終わりだ、クソ野郎……‼」

一切減速することなく懐に飛び込んだニールは、反撃の手段を奪うべくアルウェの残った腕を斬り落とそうとして……横殴りの衝撃によって吹き飛ばされた。

「ぐっ⁉」

すぐさま体勢を立て直し、殴った人物を鋭く睨《にら》みつける。

油断していたわけではないが、聞いていた話だと彼女は命令に対し常に消極的で、具体的な指示以外には何もしないということだったはずだ。これほど早く反応されるとは思っていなかった。

「…………」

微《かす》かな疑問と共に、少女の顔を見て……ニールは、言葉を失う。

「ははは、よくやった、ようやく奴隷らしくなったようだな……‼」

少女の瞳からは完全に生気が失われ、理性もなくただ主のために動く人形と化していたのだ。

奴隷の首輪に刻み込まれた隷属契約魔法は、主への反意や命令違反などを検知して苦痛を与え、そうして生まれた思考の空白への催眠暗示によって忠誠心を刻み込むという形を取っていることが多い。

刻み込まれる忠誠心はあくまで仮初のものであるため、強い精神力で抗うことは出来る。だが、抗えば抗うほど苦痛が増すため、いずれは心が壊れて廃人となる——そんな代物だった。

自我すら保てないほどに抗い続けた少女の末路。そんな彼女に喜々として命令を下すアルウェを見て、ニールは吐き気すら覚える。

「お前、何とも思わないのかよ」

「は？」

「その子がお前に何をした⁉　その子だけじゃない、屋敷にいたお前の部下達……家族だって‼　誰も彼も俺達への足止めに使い捨てやがって、それでも侯爵家の当主か‼」

ニールにとって理想の当主は、父のような存在だ。

自ら前線に立って臣下を鼓舞し、たとえ不器用でも家族を、民を愛し愛される。そんな当主だった。

今目の前にいる男は、まさにニールの理想とは真逆の存在だ。

ユミエとさして歳《とし》も変わらない少女を道具として使い潰し、政争に負ければ家族すら見限って一人逃げ出そうとしている。

事実、この地下通路を見付けるまでの間に、ニールはアルウェの家族と思《おぼ》しき者達を屋敷の中で見かけていた。

何が起きたのか、何があったのか、現状すらも教えて貰《もら》えず、ある日突然崩落した屋敷の中で震える彼ら彼女らの姿は、正当な権利で攻め入ったはずのニールが罪悪感を覚えてしまうほどに哀れだった。

だというのに……誰よりもその罪と向き合うべき男が、何の後ろめたさも感じることなく笑っている。それが、ニールには許せない。

だが……そんなニールの怒りは、アルウェに届かなかった。

「それの何が悪い？　私は当主だ、当主のために下の者が身を捧《ささ》げるのは当然のことだろう」

「……そうかよ」

本気でそう考えていると分かるアルウェを見て、もはや会話は無用だとばかりに、ニールは剣を構え直す。

ユミエだったら、こんなどうしようもないやつでも改心させられたんだろうか——と、そう考えたところで、ニールは首を振ってその思考を追い出した。

そんなユミエへの無意識の甘えが、今回の事態を招いたのだ。自分なりのやり方で、この哀れな怪物を止めてみせる。

「っ……やれ!!　早くそいつを殺せ!!」

ニールの雰囲気が変わったのを敏感に感じ取ったアルウェが、少女に指示を下す。

「ごめんな」

だがそれは、あまりにも遅すぎた。

「っ……!?」

パチッ、と雷光が奔《はし》ったかと思えば、ニールはいつの間にか少女の隣に立ち、その首元に手を置いていた。

直後、凄《すさ》まじい電撃がその体を駆け抜け、強制的にその意識を刈り取る。

「それから……ありがとう。こんなになるまで、ユミエを守ろうとしてくれて。今は休んでろ」

ガクンと倒れる体をそっと支え、その場に横たえる。

唯一の護衛をあっさりと無力化されたことに、アルウェの思考は真っ白になり……次の瞬間には、衝撃が全身を駆け抜けていた。

「今までさ、もっと強くなりたいとは何度も思ったけど……初めてだよ、もう少し弱かったら良かったのに、なんて考えたの」

自分が剣の腹で殴られたのだと理解する頃には、アルウェの意識は途絶していた。

少女と違って労《いたわ》ることもなく、白目を剥《む》いて倒れたその体を見下ろして、ニールは苦々しい表情で言い捨てる。

「お前との実力差がもっと少なければ……殺すしかなかったって言い訳も出来るのに。こんなに弱かったら、殺さずに捕まえないわけにもいかないじゃないかよ。まあ……俺が殺さなくても、お前に処刑以外の道なんてないだろうけどな」

少女の体を優しく抱き上げながら、父と合流するべく歩き出す。

届くことはないと知りながら、それでも言葉を重ね続けて。

「それまでの短い間に、少しは自分の罪と向き合ってくれることを祈ってるよ」

第六章

戴冠

Episode.
06

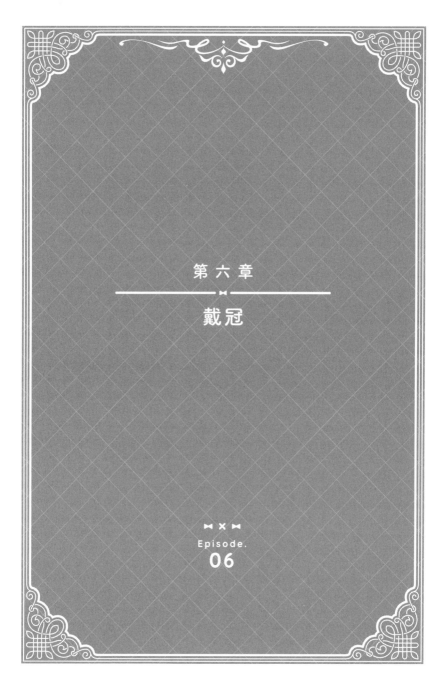

な。

「うぅ……ん……?」

ゆっくりと目を開くと、目の前には見知らぬ天井があった。……前にもこんなことがあった

何があったんだっけ、とぼんやりする頭で考えて……思い出した瞬間、飛び起きた。いや、飛び起きようとした。

すぐに激痛が全身を襲って、ほんの少し体を起こすことすら出来なかったけど。

「いっっっ……たぁ……!!」

悲鳴を上げなかったのが奇跡っていうくらい痛いし、よくよく見ると視界が半分塞がってる。触ってみたら、包帯が巻かれてるみたいだ。

前回なんて目じゃないくらい大怪我《おおけが》してるんだな、と少しずつ現状へ理解が追いついて来たところで、すぐ傍《そば》に見知った面々がいることにようやく気が付いた。

「お嬢様、大丈夫ですか!?」

「ユミエさん、気が付いたんですのね、良かった……!!」

「…………」

「リサ、モニカさん、それに……リフィネ……」

みんな、今にも泣きそうな……いや、実際に少し涙を流しながら、俺が目を覚ましたことを喜んでくれている。

でも、とりあえず……。

「リフィネ、無事だったんですね……良かった……」

俺と違って、リフィネに怪我らしい怪我がないことをまず喜んだ。

シグートが助けに来てくれたところまでは覚えてるけど、そこから先は気絶しちゃって何も知らないし……リフィネは何ともなさそうで良かったよ、本当に。

「いいわけなんてないのだ‼」

でも、リフィネとしてはそんな言葉に納得出来なかったようで、大声で叫んだ。

突然のことにびっくりする俺を、リフィネは今まで見たこともないくらい怒った表情で睨《にら》みながら、ボロボロと涙を溢《こぼ》す。

「わらわのことなんて放っておいて逃げろと、そう言ったのに……こんな、ボロボロになって……わらわが無傷だからと、喜べるか……‼　ユミエのバカ……大バカ者ぉ……‼」

「……ごめんなさい、リフィネ。心配かけて」

なんでも、俺はあの事件があった日から丸二日眠り続けていたらしい。

前回よりも短いのかー、なら大したことないかな……と一瞬思っちゃったけど、それを目ざとく察したリサに、恐ろしい形相で睨まれてしまった。

……俺は何も言ってないよ？

「意識を失っていた日数は以前の事件の時より短いですが、あくまで魔力の枯渇が主な原因だった前回よりも、体の状態は深刻です」

手足が折られたのみならず、その上から更に暴行を受けたせいで、相当厄介な状態になっているらしい。

当分は寝たきりで、起きてからもリハビリの日々が待っているのは確定。それを終えても、以前のように歩けるようになるかは分からないんだって。

……我ながら中々酷《ひど》い状態だなー。でもまあ、後悔はない。

あそこでリフィネを見捨てていたら、自分が寝たきりになるよりもずっと後悔していただろうから。

ただ……そんな俺の後悔を、リフィネに押し付けるような形になっちゃったことだけは、嫌だな。

「リフィネ、手を握ってくれますか？」

「……？」

折れてない左腕を動かして懇願すると、リフィネはまるで割れ物に触るみたいにそっと俺の手を取ってくれる。

そんなリフィネの手をぎゅっと握り返しながら、俺はにこっと微笑《ほほえ》んだ。

「大丈夫です、私はこんな怪我なんかに負けたりしません。すぐに元気になりますから……そうしたら、また一緒に勝負しましょう」

「っ……‼　バカ……ユミエの、バカぁ……‼」

ね？　と伝えると、リフィネは泣きやむどころか、益々《ますます》声を上げて泣き出してしまった。

まさかの反応に戸惑っていると、モニカが呆《あき》れ顔《がお》で口を開く。

「本当にあなたは……人が良いにも程があります。もう少し自分の体を大事にしてくださいな」

「大事ですよ……？　この体がないと、みんなと触れ合うことも出来ないですから」

「全然、全く、圧倒的に足りないと言っているのです。いいですか？　あなたは騎士でもなければ従者でもない、グランベル家の令嬢です。守る立場ではなく守られる立場なんですのよ？　そこを分かっておりますの？」

「わ、分かってますよ……」

「分かっていたらこんなにボロボロになるまで戦ったりしませんわ」

今日という今日は許しませんとばかりに、モニカからの長々とした説教が始まった。

耳が痛いとはこのことか。全く否定できない正論の嵐に、どうにか耳を塞ぎたくなるんだけど……悲しいかな、俺の手は片方は粉砕骨折、もう片方はリフィネと繋《つな》いでいるため、その説教を遮る手段はただの一つもありはしない。

でも……そんな耳の痛さも、モニカが本気で俺の身を案じている証《あかし》だと思うと、ちょっと嬉《うれ》しい。

それを表に出せば余計に怒られることくらい分かってるから、流石《さすが》に言わないけどね。今回ばかりは、俺も無茶をし過ぎた自覚くらいあるし。

「それで……シグートはどうしました？　お兄様やお父様も。それから……」

アルウェ・ナイトハルトや、彼に協力した近衛騎士《このえきし》。それに……あの獣人の女の子も。

リフィネ以外の気になってる人について、モニカの説教が一段落したタイミングで聞いてみると、そのままの流れでモニカが答えてくれた。

「シグート殿下と伯爵様は、捕らえられたアルウェ・ナイトハルトや近衛騎士達の取り調べ中ですわ。ニール様もそちらに協力しているという話です。そして、あの獣人の少女ですが……こことは別の、魔法研究者の実験室の方で預かっているとのことですわね」

「どうして、そんなところで……？」

「体の状態が特殊過ぎて、医者ではどうしようもなかったからですわ」

あの子の体は、どうもかなり魔法的な施術で弄《いじく》り回されて、真っ当な人間とはかけ離れた状態になってるらしい。その上、隷属契約魔法による精神的な負荷まで加わって、ある意味俺よりも手の施しようがない感じなんだとか。

俺でも元の生活に戻れるか分からないのに、それよりもか……心配だな……。

「ユミエさん……あなたは今、他人の体を心配していられる状態じゃないという理解がまだ足りていないようですわね？」

「そんなことないですよちゃんと理解していますっ」

またしても説教が始まりそうな気配を感じ、大慌てでまくしたてる。

慌て過ぎて、またしても体に痛みが走ったけど……そこは何とか気合いで耐えて誤魔化《ごまか》す。

誤魔化し切れなくてリサにまで叱られたけど、そこはご愛嬌《あいきょう》だ。

「ところで……リフィネの誕生祭は、どうなりました……？」

最後に、もう一つだけ気になっていたことを尋ねてみた。

こんな大事件が起こってしまったけど、そのタイミングはちょうどリフィネの誕生日をお祝いするお祭りの真っ最中だった。

色々と台無しになってしまった感じはあるけど、最終日には国民の前でリフィネのお披露目と、シグートの王位継承を宣言するところまでやる予定だったし……気になる。

「今もちゃんと続けられていますわよ。祭りの騒ぎに乗じて王女暗殺を企《くわだ》てたナイトハルト家が取り潰しになる……という発表が波紋を呼んでおりますが、さほど大きな混乱にはなっていないようです。宮廷貴族の家系で、あまり多くの領地を持っていなかったのが幸いでしたわね」

「そうですか……なら、私はシグートとリフィネの晴れ舞台には、出られそうにないですね……」

直接お祝いしてあげたかったんですが、と呟《つぶや》くと、みんなして表情を曇らせる。

心配してくれるのは嬉しいけど、流石にみんな気にし過ぎだ。少しでも場の雰囲気を明るくしようと、出来る限りの笑顔を見せた。

「出られないですけど、私なりにお二人をお祝いするつもりです！　モニカさん、手伝って貰《もら》えますか？」

「構いませんけれど……何をするつもりですの？」

「ここでは内緒です、リフィネにも楽しんで貰いたいですからね」

「嬉しいが……無茶はしないのだろうな？」

「大丈夫です、私自身はちゃんとここで寝ていますから」

「本当に本当か？　嘘《うそ》ではないのだな？」

「本当に本当です」

今回の件で、リフィネの中の俺に対する信用は地の底に落ちてしまったらしい。まるで信じてくれない。

どうしたものかな、と思っていると、リフィネは握り締めた俺の手に小さなおでこをコツンとぶつけ、祈るように宣言した。

「決めたぞ、ユミエ。わらわは強くなる。王女としても、そして……騎士としてもだ」

「えっ……あの、リフィネ。リフィネは王女なんですから、騎士になる必要は……」

魔法を操って戦うこの国の騎士は、敵国に対する備えというだけでなく、対魔物も想定して平時でさえ最前線で戦うことが多いバリバリの戦士だ。一国の王女がなるようなものじゃない。

そんな俺の意見は、リフィネの絶対零度の眼差《まなざ》しによって封殺されてしまった。

「その騎士ですらなく、強くもないのに戦ったユミエにだけは言われたくないのだ」

「す、すみませんでした……」

ダメだ、今の俺が何を言っても全部ブーメランになる。

助けを求めるように周囲へ視線を投げるが、リサには「一介のメイドごときが王女殿下の決定に異を唱えることなど出来ません」と返され、モニカには「自業自得ですわ」とぐうの音も出ない正論をぶつけられてしまった。

どうしよう、シグートに怒られる。と思っていたら、リフィネは真剣な眼差しで言葉を重ねる。

「ユミエが、こんなになるまでわらわのことを守ってくれたのだ。ならば次は、わらわの番だろう。強くなって、必ず国を、民を……ユミエのことを、今度こそ守れるような立派な王女になるから、待っていてくれ」

「……はい、分かりました。応援していますね」

こんなに強く願ってるリフィネを止めるなんて、誰にも出来ないだろう。むしろ、止めるべきじゃない。

そう考えを改めた俺は、せめてリフィネがこれから先も今の俺みたいな状態にならないようにと、心の中で祈りを捧《ささ》げる。

「さて……お嬢様も目覚めたばかりです、そろそろ休みましょう」

「ま、まだ大丈夫ですよ」

「ダメです。続きはまた後で」

有無を言わせず布団をかけなおしたリサは、俺の髪を撫《な》でて……そっとおでこにキスを落とす。

主従としての立場もあってか、あまり過剰なスキンシップを取ることのないリサの珍しい行動に、俺は目を丸くした。

「おやすみなさいませ、お嬢様。良い夢を」

「……おやすみなさい、リサ。ありがとう」

もしかしたら、この場にいない家族の代わりに、俺を励まそうとしてくれたのかもしれない。

それに続くように、モニカやリフィネとも挨拶をして……想像していたよりもあっさりと、俺の意識は夢の世界へ旅立っていった。


リフィネの誕生祭、最終日。リフィネ王女を一目見ようと、あるいは〝重大な発表がある〟と宣言されたシグート王子の言葉を聞こうと、門戸を開かれた王城の正面広場に大勢の民衆が詰めかけている。

暗い夜の時間を選び、城の展望台から魔法の光に照らされ登場した王族兄妹《きょうだい》を前に、民衆はこの上ないほどの熱狂ぶりを見せていた。

「皆、よく集まってくれた。今日は……」

初日で貴族達にしたものから少々文面を変えつつ、民に向かって語り掛けるシグート。

堂々たるその姿に民は歓喜し、確かな手応えがそこにあったのだが……そんな周囲とは裏腹に、シグートの内心はどこか冷めていた。

重傷を負い動けなくなったユミエの姿と、自らの決断で断罪することが決まったアルウェの言葉が、どうしても頭を過《よぎ》るのだ。

(僕は何を言っているのだろうな……僕とヤツで、本質的な違いなどさしてありはしないというのに)

シグートが目指しているのは、各貴族家が出した代表者が王都で暮らし、議会によって政治の方向性を決定するという方式だ。

貴族派と王族派、それ以外にも複数存在する大小様々な派閥の人間を集め、話し合う場を設ける。その話し合いの中で、少しでも互いに納得のいく政策を打ち出せたなら……そう考えている。

だがそれは、王として正しい在り方なのだろうか？　国を背負う責任を負いきれないからと、貴族達にそれを押し付けているだけではないのか？　シグートを傀儡《かいらい》の王とし、裏から操ろうとしたアルウェと何が違う？

そんな疑問が、ずっとシグートの中を渦巻いていた。

「皆の者、わらわがリフィネ・ディア・オルトリアだ。これまで長い間、皆の前に姿を見せられなかったことをまず謝罪しよう」

そうこうしている間に、リフィネの挨拶の時間となった。

パーティーの時は全体挨拶をシグートのみに任せていたが、今回はリフィネの希望もあって本人が演説することになったのだ。

以前に見た時よりも格段に堂々とした態度と、朗々と響く可憐《かれん》な声。既に何度か顔を合わせているシグートでさえ驚く変化に、粗暴な王女という噂《うわさ》しか知らない民衆が驚かないはずもない。一瞬にして全ての耳目を集めたリフィネは、拡声魔法も合わせて王都中に届けとばかりに声を上げた。

「先日、わらわは暗殺されかけた。とある貴族達によってな」

だが、その内容に民衆は一気にざわつく。国家の重鎮が暗殺されかけたなどという話は、たとえ既に周知のことであろうと直接王族が語るのは愚策である。それは、リフィネとて知っているはずだ。

それでも敢《あ》えてそれを口にしたリフィネは、動揺の一つも見せることなく語り続ける。

「だが、そんなわらわを助けてくれた者がいる。グランベル家の令嬢、ユミエ・グランベルだ」

それは誰だ？　という疑問の声が、どこからともなく上がって来る。グランベルの名を知らない者はいないが、その娘の名まで知っている民などほとんどいないのだから、それも当然だろう。

「ユミエは、元々スラムで暮らしていた。皆と変わらぬ立場からグランベル家に拾われ、わらわのかけがえのない友となった。特別な力があったわけではない、誰もが羨《うらや》む頭脳があったわけでもない。それでも、絶望の中にいたわらわを救い出してくれたのだ」

細部を省き、要点のみに絞りながら、それでもリフィネは語れる限りのユミエの話を語って聞かせる。

その言葉に込められた想《おも》いの深さに、誰もが静かに耳を傾けた。

「ユミエはわらわに教えてくれた。力がなくとも、才がなくとも、日々を精一杯生きることの大切さを。だからこそ、同じように日々を懸命に生きる民のために、わらわもまた王族として精一杯力を尽くすことをここに誓おう。オルトリア王家の名と……これから〝王〟となる、我が兄上に」

民衆のざわめきが、一段と強くなっていく。

　まさか、ついに。そんな声が聞こえて来る中、台本にもないキラーパスを投げられたシグートはといえば、苦笑と共に壇上から戻って来たリフィネとすれ違う。

「場は温めておいたぞ、兄上。後は任せたのだ」

「温め過ぎて火傷《やけど》しそうだよ。これで失敗したら、ユミエに笑われちゃうじゃないか」

「兄上なら大丈夫だろう。上手《うま》くいったら、ユミエからのサプライズプレゼントもあるぞ」

「プレゼント……?」

　何だろうかと疑問に思うが、これ以上の会話は民を悪戯《いたずら》に待たせるだけだと中断する。

　リフィネと同じように民衆と向き合ったシグートは、拡声魔法を使用し口を開いた。

「シグート・ディア・オルトリアだ。さて、本来なら、ここで長い前置きを通してから、本題に入るところだったが……我が愛《いと》しの妹君が、全て終わらせてしまったからな。端的に言おう」

　もはやその言葉が待ちきれないと、今にも興奮ではちきれそうな人々に向かって、シグートは宣言する。

「私は王になる。父に代わって諸君らに更なる繁栄を約束しよう。だから、安心して私について来い」

　爆音のような歓声が沸き上がり、鼓膜が破れそうなほどの衝撃となって王都の夜空を叩《たた》く。

　長く不在だった国王の席が埋まり、ようやく平穏な暮らしが戻ってくると期待する人々の視線から感じる重みを、シグートは虚勢と共に受け止めて……不意に。

王都の夜空に、炎の花が咲いた。

その美しい輝きに人々が目を奪われる中、シグートはボソリと呟く。

「ユミエ……？　いや、そんなはずは……」

その魔法は、以前ユミエがリフィネのためにと開いた私的なお祭りの中で披露した《花火《ファイアフラワー》》だ。しかし、今現在ユミエは寝たきりで、このように魔法を使える状態ではないはず。

そんな彼の疑問に、リフィネが答えた。

「兄上のために何かお祝いがしたいと言って、モニカに伝授していたのだ。わらわにも隠れてこっそりやっておったぞ」

隠し通せるわけもないのにな、などとリフィネは肩を竦《すく》める。

一方で、シグートが思い出すのは、以前ユミエに膝枕された時の会話内容だった。

──国を背負うのが辛《つら》いなら、私にもその重みを分けてください。一人では無理でも、みんなで背負えばきっと国だって支えられるはずです。初めはたった二人でも、一人ずつ仲間を増やして……国民全員私と同じ気持ちになれば、その頃にはもう、あなたは一国を背負う立派な王様ですよ。

「ああ……そうだったね、ユミエ。本当に、君には……敵《かな》わないな」

守れなかったことを悔やんでいた。傷付けてしまったことを後悔し、その果てに得た現在《いま》を背負うことに弱気になっていた。

だがユミエは、あの時からずっと一緒に背負ってくれていたのだ。それを今、ようやく理解した。

「リフィネ」

「どうしたのだ?」

「僕は、王になるよ。……ユミエが見ても恥ずかしくないくらい、立派な王に」

先ほど民の前で語った言葉は、虚勢ではあっても嘘ではない。それでも、改めて自らに誓うように呟く兄の姿に、リフィネはふっと笑った。

「ならばまずは、それをユミエにちゃんと伝えられるようになるところからだな。兄上も少しはニールを見習うと良いぞ」

「……それはちょっと、僕にはまだ難しいかなぁ」

所構わず、誰の前でも正直に自らの愛情を晒け出せる親友を少しばかり羨ましく思いながら
……こうして、シグートの王位継承を告げる最終日は、大盛況のうちに幕を閉じるのだった。


シグートが正式な王位継承を宣言し、大盛り上がりを見せる王都の町。

そんな外の喧騒《けんそう》を微《かす》かに耳で拾うのは、牢獄《ろうごく》に囚《とら》われたアルウェ・ナイトハルトだった。

片腕を失い、配下を切り捨て、家族すら見捨てた彼には、もはや何一つ残っていない。後はただ、処刑される日を待つのみである。

「……何をしに来たのですか？　あなたは病床に臥《ふ》せっていたはずですが」

そんな彼の下を訪ねる、奇特な人物がいた。

〝車椅子〟の音に反応して顔を上げたアルウェの視界に映ったのは、彼にとって予想通りの人物。かつての主君、アンゼルバン・ディア・オルトリア……オルトリア王国先代国王だ。

「ああ……今も、ほとんど絶対安静だよ。こうしてここに来ることも……随分と、医者に反対されてしまった。二人きりで話したいと言っても、なかなか聞いて貰えなかったよ……」

「当たり前でしょう。もはや政務に追われることもない平穏な暮らしをやっと手に入れたのですから、少しは安静にしていればいいというのに。残り少ないその命、何もこんなことに浪費することもないでしょう」

「そういうわけにもいくまい……これは、私の……お前を見出《みいだ》した者としての、最後のケジメだ」

「…………」

しばしの間、二人の間を沈黙が支配する。静寂の牢内でアルウェが思い返すのは、まだアンゼルバンが壮健だった十年ほど前の記憶だ。

当時は今以上に、魔法という力を持っているかどうかが、貴族のステータスとして重視される時代だった。侯爵家に生まれながらも魔法を不得手としていたアルウェにとって、地獄とも言うべき時代である。

「魔法が使えないことで周囲から蔑まれながら……それでもお前は、諦めなかった。お前の尽力が、執念が……魔道具の技術を大きく発展させ、この国の未来を切り開いた。感謝している、アルウェ」

「感謝……？　ハッ、感謝ですって？　ふざけるのも大概にして貰いたい‼」

ガチャンッ‼　と、アルウェを拘束する鎖が伸び、金属音を響かせた。

それがなければ、アルウェは間違いなくアンゼルバンに殴りかかっていただろう。それほどの憎しみを瞳に宿していた。

「あなたが、あなた達が‼　私からその技術を奪い、地方貴族に横流ししたのでしょう⁉　それがなければ、今のように増長した地方貴族によって〝貴族派〟などという派閥が生まれ、国が割れるような事態になどならなかった‼」

「…………」

アルウェの怒りに、アンゼルバンは黙り込む。

ナイトハルト家の中で立場が弱かったアルウェが持つ、魔法に対する知識の深さ。そこに目を付け、王家の名で雇うように促したのが当時のアンゼルバンだった。

そんな国王からの期待を胸に、王宮の潤沢な予算によって研究を進め、魔道具を今の水準にまで完成させたのだが……その成果をアンゼルバンに報告した後、なぜかアルウェは研究者ではなく外交官に異動となり、知らず知らずのうちに魔道具の技術は地方貴族へとばら撒《ま》かれてしまっていたのだ。

糾弾されたアンゼルバンは、それを否定することなく頷く。

「あの時は……それが一番だと思っていた。アルウェの魔道具が貴族の既得権益を脅かすと、地方貴族を中心に懸念が広がっていたからな……あのまま研究に邁進《まいしん》させていては、暗殺の恐れすらあった。それに……地方では、人材の流出によって騎士が不足し、治安の悪化も進んでいたからな……技術を共有し、ほとぼりが冷めるまで外交官という立場でお前を他国へ避難させようと……そう思った」

「ええ、そうでしょうね‼　あなたは昔からそういう王だった。八方美人で、何一つ切り捨てることも出来ず、全てをなあなあで済ませようとして……‼　私は、あなたのそういうところが気に入らなかった‼　そんなだから、私のような人間が生まれるのです‼」

「だから……王族派を作ったのか？　私から実権を奪うために」

「そうですとも‼」

そこから、アルウェは語りだした。彼が外交官として働く中で知った、隣国ベゼルウス帝国の持つ高い技術と、身分差に縛られることなき能力主義の社会の素晴らしさを。

「私は王族派を纏《まと》め、オルトリア王国を帝国のように発展した国にしたかった!! だが、その素晴らしさを誰も理解しようとしない、私がどれだけ未来を見据えて……!!」

「それを……誰かに、話したか? 信じられる仲間を作り……目的を共有し、語り合ったか……?」

「……は?」

アンゼルバンの言葉に、アルウェは虚を突かれたような顔になる。

全くの予想外というその反応を見て、「やはりか……」とアンゼルバンは呟いた。

「私も、お前も……悪い癖だな。話さずとも、この程度は伝わると……正しいことであれば、いつかは理解して貰えると……そう思い込んでしまった。その結果が、この様だ」

国王失格だな、とアンゼルバンは吐き捨てる。

アルウェが見たこともないほどしおらしい彼の様子に黙り込んでいる間も、アンゼルバンは語り続けた。

「もっと、話し合うべきだった……お前の技術が、地方で苦しんでいた民をどれほど救ったのか、きちんと伝えてやるべきだった。もっと、しっかりと労《ねぎら》ってやるべきだった……此度《こたび》のことは、私の責任でもある」

「……やめろ」

「シグート……いや、陛下には、私から言っておこう。こんな老人の嘆願など、何の意味もないかもしれないが……ナイトハルト家に、少しは慈悲を与えてやって欲しいと……」

「やめろと言っている‼」

一方的に罪を背負おうとするアンゼルバンに、アルウェは怒りのままに叫ぶ。

そうじゃない。そんなことは望んでいないと。

「これは私のやったことだ、私の罪だ、あなたは関係ないでしょう⁉　散々謝罪しておいて、勝手な真似《まね》をしないで頂きたい‼」

「アルウェ……だが……」

「最初に言ったはずだ。あなたはその残り少ない命を、こんなことに浪費していないで、平穏に過ごせばいいと‼　ようやく解放されたんでしょう？　国王の資質もないくせに、やりたくもない政務に追われて体を壊した……この、お人好《ひとよ》しがッ‼」

アルウェの激昂《げきこう》に、アンゼルバンは目を見開き……ふっと微笑んだ。まるで、長年会えなかった友に、ようやく再会出来たかのように。

「ああ……これが終わったら、そうさせて貰うさ。私の息子も大概、国王には向いていない性格だが……私よりは、よほど上手くやってくれるだろうからな。何せ……私やお前より、ずっと素直で真《ま》っ直《す》ぐな家臣がついている」

どこか自嘲するように、アンゼルバンは呟く。

その〝家臣〟が誰を指しているのか……それだけは不思議と、アルウェにも簡単に想像がついてしまった。

「だからお前も……必要以上に、悪に染まろうとするな」

それではな……と。ゆっくりと背を向け、アンゼルバンが去っていく。その背中を見送りながら、アルウェは地面に拳を打ち付ける。

分かってしまったからだ。自分がなぜ、王族派を纏め、国王から実権を奪い、背後から操ろうとしたのか。幾重にも建前を重ね続け、自分自身でも見失ってしまっていた、その本当の理由を。

「私はただ……あなたの負担を、減らしたかっただけだったというのに……どうして、いつからこんな、ことに……ああ、あぁぁぁぁ‼」

アルウェがずっと蓋をしていた、昔の記憶が蘇《よみがえ》る。

地獄のようだった幼少期。少しでも自分に足りない才能を補おうと努力していた彼を、世界でただ一人褒めてくれたのが、アンゼルバンだった。

ただ、彼の力になりたかった。唯一誇れる才能を見出してくれた彼の恩義に報いたかった。

そんなかつての想いをようやく……あまりにも遅すぎる今、思い出して。

アルウェはただ一人、牢の中で泣き続けるのだった。

エピローグ

Epilogue.

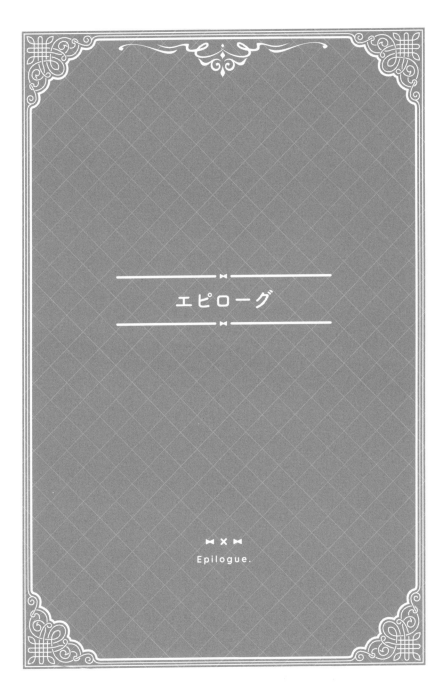

「…………」

意識を取り戻した時、少女の頭に浮かんだのは「どうして」という疑問だった。

どうして、自分はまだ生きているのか。

どうして、こんなにもふかふかのベッドの上で寝かされているのか。

どうして……あれほど自分を苦しめ続けていた奴隷の首輪が、外されているのか。

「お、気が付いたのか」

「…………」

声がした方へ目を向ければ、最後に戦っていた少年がいた。

黄金の髪とエメラルドの瞳を持つ彼の名は、ニール・グランベル。少女が持つ異形の力すら意に介さず、あっさりと制圧してみせるほどの圧倒的な実力を持った騎士見習いだ。

問い掛けに対して何も答えず、ただ虚空を見つめていると、彼の方から更に言葉を重ねられる。

「暴れないんだな」

「……どうして？」

「いや、もう首輪もないし、拘束だってしてないから、逃げようとするのかなって」

取り調べは必要だから、部屋からは出られないようになってるけど。

そんな風に語るニールに、少女はただ虚《うつ》ろな瞳を向けた。

「逃げて……どうするの？」

「どうするって……故郷とか、家族とか……お前にもあるんじゃないのか？　そこに帰りたいとか、ないの？」

「ははっ……あったら、よかったのにね……」

乾いた笑みを浮かべながら、少女の記憶に浮かぶのはかつていた故郷だ。

炎に焼かれ、次々と捕らえられていく仲間達。

家族も、友人も、何もかも全てを奪われたあの日から、彼女に帰る場所などどこにもなかった。

「……悪い、嫌なこと聞いたな」

「なんで、謝るの？　別に、同情なんてしなくていいよ……私も、同類だから」

「え？」

「この腕で、たくさんの命を奪ってきた。死にたくないって、助けてくれって泣いてる人を、この手で……あの時のあいつらと、同じようにっ……!!　あ、あぁぁ!!」

「お、おい!!」

急に不安定になった少女は、めちゃくちゃに暴れ出す。

ただ、振り回した腕をただ壁に叩《たた》き付《つ》けるだけのそれは、周囲の物というよりもむしろ、自分自身を壊そうとしているかのようで……ニールは咄嗟《とっさ》に少女を押さえ付けた。

「落ち着けって‼」

「放して……‼」

魔法を使う前提ならまだしも、純粋な筋力で言えば異形の腕を持つ少女にニールでは敵《かな》わない。力付くで振り払われ、壁に叩き付けられる。

苦悶《くもん》の声を上げるニールに、少女は一瞬だけ罪悪感に顔を歪《ゆが》め……すぐに、露悪的な表情で嗤《わら》ってみせた。

「そうだよ……私はもう、人殺しなんだ……今更一人二人増えたところで、変わらない……‼」

だから、と。少女はニールに向かって、異形の腕を振り上げる。

「お前も……殺してやる‼」

岩をも砕く一撃が叩き込まれ、土埃《つちぼこり》が舞う。

しかし、ニールはその場から微動だにしなかった。

なぜなら少女の腕は、ニールに掠《かす》りもせず……その顔面のすぐ横の壁を叩いただけだったのだから。

「……どうして、反撃しないの……その腰の剣を抜けば、簡単でしょ……？」

純粋な力では少女が上といっても、総合的な戦闘力で見ればニールの方が圧倒的に格上だ。

今の一瞬で抜剣し、首を落とすことだって出来たはずだ。

だが、ニールはそれをしなかった。無抵抗に少女の腕が通り過ぎるのを見送っただけだ。

「抜く必要なんかないだろ？　殺すつもりがないことなんて、最初から分かりきってたことだし」

「殺してよ……私なんか、もう生きてたってしょうがないんだから……もう、殺して……楽にしてよ……」

「本当にお前がそうしたいなら、殺してやるのも優しさかもしれないけど……俺にはお前が、死にたくないって叫んでるようにしか見えないな」

「っ……!!」

ニールの指摘に、少女の体がびくりと跳ねる。

彼女は死にたい、殺してくれと繰り返し言っているし、自棄《やけ》を起こして自傷行為にも走った。

だが、ただの一度も自殺しようとだけはしていない。

死にたいほどに辛《つら》く苦しいのは本当だろう。だがそれでもなお、生きたいという気持ちも捨て切れないからこそ、自分以外の誰かの手で殺して欲しいと願っている。

誰かに殺されるのであれば、生きたいと叫ぶもう一人の自分にも、言い訳がつくからと。

「私は、お前の妹を誘拐した。お前の妹を殺そうとした。お前の妹があんな目に遭ったのは私のせいだ、それなのに、私が憎くないっていうの……!?」

「それだけは絶対に許さない」

その瞬間、ニールから滲《にじ》み出《で》た殺意とあまりにも冷たい氷のような眼差《まなざ》しに、少女は本能的な恐怖を覚えた。

息が詰まり、言葉を発することも出来なくなった少女へと、ニールがゆっくりと手を伸ばし……ポンポン、とその頭を撫《な》で始めた。

「……俺にとって、ユミエは何よりも大切な宝物だ。どんな理由があっても、それを傷付けたやつを許したくなんてない。でも……ユミエならきっと、こうすると思うから」

「なんで……どうして……」

少女には、ニールが考えていることが全く分からなかった。

あれほど濃密な殺意を抱きながら、どうして自分を殺そうとしないのか。

どうして……そんな相手に、ここまで優しい笑顔を向けられるのか。

「ユミエは優しい……優しすぎる子だから。自分のために誰かが死ぬなんて、それがたとえ悪人だって気にするんだ。特にお前は、自分の意思でやったわけじゃない、奴隷の首輪と隷属契約魔法で縛られてた」

「違う……私は、私は……!!」

本気で抵抗すれば――普通の人間にはまず無理だが――少女は誰かを殺す前に、自らの命を絶って全てを終わらせることも不可能ではなかった。それをしなかったのは自分の弱さだと、そう思っている。

それを全て察しているかのように、ニールは言葉を重ねた。

「ユミエを守れなかったのは俺の弱さだ、誰にもその責任は譲らない。それでも、どうしても気になるなら……うちに来いよ」

「……え？」

「グランベル家に来て、ユミエに直接謝ればいい。どっちにしろ、お前はもう帰る場所がないんだろ？　だったらどこかの家が預からなきゃいけないわけだし、ちょうどいいだろ」

何を言われているのか、少女はしばらくの間理解出来なかった。

謝れというのは、まだ分かる。

だが、グランベル家に来いと……預かる先が必要だというのは、どういう意味なのか。

まさか……グランベル家が、自分を引き取ってくれるということだろうか？

「ユミエの傍《そば》で、好きなだけ償ったらいい。あいつの傍にいれば……いつかお前も、自分を許せるようになる。俺みたいに」

「……本気で、言ってるの……？」

「当たり前だろ、グランベル家の人間は嘘《うそ》なんか吐《つ》かない」

そう言って、ニールは踵《きびす》を返し部屋を後にする。

「まあ、今はまだ混乱してるだろうから、落ち着いたらまた話そう。……それじゃあ、またな」

最後にそれだけ言い残し、去っていく背中を見送って。少女は一人、膝を抱えてその場に座り込んだ。

「私は……どうしたら……」

家族も故郷も失い、奴隷に堕《お》ちたことで人としての尊厳も奪われ、人殺しの道具に使われた。

もう生きている価値などないと思う自分と、それでも死にたくない自分がいることは、とっくの昔に理解している。

どうしてそうなったのかと考えた時、真っ先に浮かぶのがユミエの姿だった。

どんな絶望にも折れない強い心。誰かのために傷付き追い込まれながら、それでも生を諦めずに足掻《あが》くその姿勢は、少女にはあまりにも眩《まぶ》しすぎた。

自分もそんな風に生きたかったという強い憧れと、激しい嫉妬の感情を抱いてしまうほどに。

「どう、したら……」

少女はそのまま、いつまでも一人で座り込んでいるのだった。


「どうだった、ニール？　あの子の様子は」

部屋を出たニールを待っていたのは、父であるカルロット・グランベルだった。

相手が鋭敏な聴覚を持つ獣人ということもあってか、念を入れて防音結界を張りながら問い掛けてくる父に対し、ニールは困り顔で答える。

「まだ何とも。少なくとも……悪い子ではないと思うよ」

「そうか……」

二人揃《そろ》って、複雑な表情で溜《た》め息《いき》を溢《こぼ》す。

あの少女はあくまで、アルウェに利用され操られていた被害者だ。同情の余地は十分過ぎるほどにあり、シグートも罪に問うつもりはないと既に口にしている。それに関しては、二人も同意見だ。

だが、頭でそう考えることと、心の中で渦巻く感情は別問題だった。

ユミエを傷付けた者は、誰であろうと許せない。許したくない。そんなやり場のない怒りを持て余し、燻《くすぶ》らせ続けている。

それが、ユミエを守り切れなかった自分自身への怒りの裏返しでしかないと、理解しながら。

「まだまだ未熟だな、俺達は」

「……そうだね」

王国最強の騎士であるカルロットにそんなことを言われては敵わないと、普段ならそう思うところだが……今回に限ってはニールも同意する他ない。

親子二人、無力感と悲しみに沈みながら、特にあてもなく王城の中を彷徨《さまよ》っていると……不意に、カルロットの持ち歩いていた通信魔道具から、リリエの声が響いた。

『あなた、聞こえてる？』

「うおっと⁉　すまない、気付かなかった」

通信魔道具は水晶の形をしており、着信と同時に特殊な魔力と光を放ち、それを周囲に知らせる。

たとえ懐に仕舞い込んでいて光が見えずとも、その魔力を浴びればちゃんと気付けるようになっていたはずなのだが……考え事をしていたカルロットは、それを全く感知出来なかったらしい。

そんな情けない夫の反応に、リリエの溜め息が聞こえてくる。

『そんな有様じゃ、王国最強の名が泣くわよ。もっとしっかりしなさい。……ユミエのためにも』

「ああ……そうだな」

ユミエの体はボロボロで、もう元のように歩くことも出来ないかもしれない。その話は、既にリリエにも伝えられていた。

聞かされた当初はその場に泣き崩れるほど取り乱したリリエだが、今はすっかり……とはいえないにしろ、表面上は立ち直り、精力的に動き回っている。

せめて……ユミエが死に物狂いで摑《つか》んだ成果を、無駄にしないために。

もうこれ以上、ユミエが悲しむような事件を起こす人間を、権力の座にのさばらせないために。

『アルウェ・ナイトハルトに協力して暗躍していた貴族達の情報はもう掴んであるわ。あなた達がナイトハルト家から持ち出した証拠のお陰で、諦めてこちら側に着くと言い始める貴族が多くて助かるわ』

「ありがとう、リリエ。そいつらの情報は……」

『もう〝陛下〟に回してあるから大丈夫よ。近い内に、そちらの〝対処〟もあなたに下命されるでしょう』

ユミエとリフィネを襲ったアルウェ・ナイトハルト及びナイトハルト侯爵家は、〝王命〟の名の下に粛清された。

しかし、彼らがいなくなればそれで全てが丸く収まるかというと、そんなわけもない。

彼に協力していた貴族は数多く、裏で繋《つな》がりを持っていた商人なども含めると、その数はあまりにも膨大だ。改めて、王族派がいかに巨大な派閥だったのか分かるというものだ。

もちろん、その中には単に派閥に属しているだけで何の悪事も働いていない者もいれば、様々なしがらみのせいで協力せざるを得なかった者、本人に自覚がないまま利用されていた者もいる。

そうした者達の中から、特に悪質な行為に手を染めていた者を炙《あぶ》り出《だ》し、捕縛あるいは粛清を行う。それが、今のカルロット達の役目だった。

「ユミエには言えないな、とても」

『必要なことだと理解はしてくれるでしょう。でもきっと、あの子は気にするわ。あなた達の心が大丈夫なのかって』

「ユミエが受けた苦痛に比べれば、この程度はなんでもないのだがな」

決して誰にも称賛されない、されてはならない仕事だ。だが、誰かがやらなければならない仕事でもある。

それをこなすのは自分達の……大人の役目であると、カルロットは思っていた。

「父様、俺も一緒に……」

「ダメだ、お前にはまだ早い」

「早いって言うけど、俺だっていつかグランベル家を継ぐんだ、いつかはやることだろ」

「ああ、いつかはな。だから、こうしてお前にも聞かせている。だが……その〝いつか〟は、今ではない」

ニールがこの重みを背負えないと思っているわけではない。だが、今背負わずとも良い重みなら背負わないでいて欲しいと思うのは、親のエゴなのだろう。ニールも不満そうだ。

「今はユミエの傍にいてやってくれ。あの子にはお前が必要だからな」

「父様達だって必要だっての。でも、分かったよ、俺だってユミエが悲しむような話はしたくないからな」

渋々といった様子で了承するニールを、カルロットは「助かる」と言って乱暴に撫でる。

髪が乱れるだろ、と自分の身なりを気にして怒るニールに些細《ささい》な、しかし確実な成長を感じ、カルロットは笑った。

「それでは行ってくる。留守は任せたぞ」

「ああ、気を付けて」

こうして、カルロット達の誰にも語られることなき裏の戦いが、静かに始まった。


めちゃくちゃイベントが盛り沢山だったリフィネの誕生祭から、一ヶ月が経《た》った。

シグートは正式に王になり、リフィネも訓練で忙しい日々を送ってるみたいだけど、そんな忙しい合間を縫って毎日のように俺のところに手紙が届いている。

内容は、別に大したものじゃない。今日はこんなことがあった、明日はこんな予定だ、こんなことが出来るようになった、こんな失敗をしたって、本当にただ雑談を交わすような取り留めのない内容ばかり。

比率としては、シグートが王の大変さを嘆く内容が多くて、リフィネが訓練中に褒められたことへの自慢話が多いのは、二人の性格が出てるなーって微笑《ほほえ》ましくなる。

けれど……そんな二人の手紙に、揃って毎回必ず入ってくる文言があった。

俺の体を気遣う内容。怪我《けが》の回復は順調かって、それを心配するような内容だ。

「あはは……二人とも、心配し過ぎだよ。俺は大丈夫なのに」

「一ヶ月もかけて、やっとグランベル領に帰宅する許可が出たところなのですから、そうもなりますよ」

ベッドの上で手紙を読んでいた俺に、リサがやれやれと頭を振る。

そう、俺はあまりにも体がボロボロだったせいで、この一ヶ月グランベル領に帰りたくても帰れない状態が続いていた。

王都の屋敷で療養してるんだけど、この度やっと体が長旅に耐えられる程度には回復したとお医者さんに言われたので、お母様の待つグランベル領に帰ることになったんだ。

シグートやリフィネの手紙がこうも頻繁に届いていたのは、一応は同じ町にいたからだっていうのが大きいし……これからは、流石《さすが》にこの頻度も減るだろうな。

そう思うと、少し寂しい。

「それでは、行きましょう。痛みがあったらすぐに言ってくださいね」

「うん、ありがとうリサ」

リサに抱っこされ、車椅子へと移される。

そのまま抱っこで運んでってておねだりしてみたこともあるんだけど、俺の体に余計な負担がかかるからダメなんだって。残念。

まあ、あまり甘え過ぎるとリサの負担まで大きくなっちゃうし、ということで素直に車椅子で移動する。

外に出ると、今日までお世話になった屋敷の使用人や騎士達が勢揃いしていた。

「お嬢様、グランベル家に戻ってもお大事に」

「あの時は守って差し上げられず、誠に申し訳ありませんでした……‼」

「気にしないでください。それと、皆さんもお元気で」

あの時のことは、今日までも何度も何度も謝罪されてるけど……相手はシグートに化けて屋敷に上がり込んで、いきなり奇襲してきたんだ、負けたからって彼らに責任はないだろう。

「それで、今日はお兄様と一緒に帰る予定だったんですよね？　そのお兄様は？」

「確か、もう一人連れて行く人がいるから、その方を連れて来ると仰《おつしや》っておりましたね」

「もう一人？」

「ユミエ、遅くなったな！」

誰だろう、と思っていたら、そのお兄様がやって来た。

傍らには、ローブを頭から被《かぶ》って全身を隠した女の子。右腕にぐるぐると巻かれた包帯には何か特殊な魔法が込められているのか、ぼんやりと不思議な光を放っている。

「お兄様、もしかしてその子……あの時の……？」

「ああ、アルウェに捕まってた獣人の子だよ。今日から、グランベル家で預かることになったんだ」

やっぱり、と思って改めてその子を見ると、びくりと肩が震えた。

それに気付いた俺は、すぐにその子の前まで車椅子を押してもらい、包帯に包まれてない方の手をぎゅっと掴む。俺も右腕が折れて使い物にならないから、左手同士で握手してるみたいな感じ。

「良かった、無事だったんですね」

「……え……？」

俺がそう言うと、女の子は信じられないものでも目の当たりにしたかのように目を丸くする。

どうしたんだろう、やっぱりどこか悪いのかな？　俺より手の施しようがないって聞いてたし、実は今立ってるのも辛いんじゃ……。

「……どうして、そんな顔、出来るの……？」

「へ？」

「あなたは……私のせいで、歩けなく、なったのに……」

どうやら、俺の怪我のことを気にしてくれていたらしい。

それを聞いて、やっぱり優しい子だな、なんて思いながら、俺は首を横に振った。

「あなたのせいじゃないですよ。それにあなたは、私がこっそり剣を隠し持っていたのを黙っていてくれたじゃないですか。あれがなければ、私はアルウェに斬り殺されて死んでいました」

俺がこの屋敷から誘拐される時、魔法で見えないようにした剣をこっそり背中に隠し持っていたんだけど……あくまで見えないようにしただけだから、俺を直接取り押さえたこの子は剣の存在に気付いていていたはずだ。

それを見逃してくれたから、今の俺がある。

「あなたは私の命の恩人です、ありがとうございます」

「……意味が、分からない……」

ずっと言いたかったことを伝えられて、ちょっとスッキリした気分になる俺と違って、女の子は今にも泣きそうなくらい顔を歪ませていた。

「私は、あなたを傷付けた……あの男の仲間だった……あなたが嬲《なぶ》られるのも黙って見てたのに……！」

「それは仕方ないですよ、奴隷にされてたんですから」

そもそもがそう簡単に反抗出来るような立場じゃないのに、その上魔法まで使って縛られていたんだ。俺のために、ほんの少しでも出来ることを頑張ってくれただけでも十分過ぎる。

「それに、私はそのことがなくても、あなたとは友達になりたいって思ってましたし」

「なんで……私はまだ、あなたと二回しか、会ってない……」

「だって、こんなに可愛《かわい》いですもん」

「……は？　可愛いって、どこが……私、こんな、ボロボロで……腕だって、こんな化け物みたいな……」

全く理解が追いつかないとばかりに困惑するその子の手……包帯で隠された異形の右腕をそっと撫でる。

一体、何をされればこんなことになってしまうのか分からない。きっとその過程は、俺なんかじゃ想像もつかないくらい辛いものだっただろう。

「自分が誰よりも辛い時に、誰かを思いやって行動できるあなたは、誰よりも強くて可愛いです。だから私、あなたとは初めて会った時からずっと、友達になりたいって思ってました」

「…………」

可愛さは見た目だけで決まるものじゃない。その言動で相手を守りたいと思った時、傍にいて欲しいと思った時、ずっと見ていたいと思った時、初めて人は相手を可愛いと思う。

だから俺は、たとえ化け物みたいな腕をしていようが、この子はすごく可愛いと思うよ。

「ねえ、お名前教えてくれませんか？　私はユミエ、ユミエ・グランベルです！」

「わ、私は……セオ……」

「セオですか、良い名前ですね。これからよろしくお願いします、セオ」

にこりと笑いかけると、セオは照れ臭そうに顔を赤くしながら目を逸《そ》らした。

あはは、やっぱり可愛いな、セオは。

「……ユミエに任せればこいつも心を開くんじゃないかって期待はしてたけどさ、それにしてもこんなにあっさりやられると自信失《な》くすな……この一ヶ月、俺がこの子の取り調べやってたんだけど……」

「坊っちゃん、お嬢様とその部分で比べては世界中の誰も勝てないと思われますので、気にするだけ無駄かと」

「それもそうだな……」

何やらお兄様とリサがひそひそと話し込んでいるが、よく聞こえない。

何の話だろうと耳を傾けて……二人の話よりも先に、王都屋敷の周りが少しざわざわと騒がしくなっていることに気が付いた。

「？　何でしょう、今日って何かイベントでもありましたっけ？」

「いいえ、特にそういったことは聞いておりませんが」

俺が問いかけると、リサは首を振ってそれを否定する。

この屋敷が建っているのは、グランベル家以外にもたくさんの貴族家が別荘を構える、いわば貴族街とでもいうべき区画だ。グランベル家が馬車を出して出発するから騒がしくなってるなんてことはないはずだし、何か別の理由があるはず。

そう思っていると……どうやら出発ではなく、とある馬車がここに近付いて来ていることが、この騒がしさの原因だとすぐに分かった。

王家の紋章が描かれた、特別豪奢《ごうしゃ》で警備も厳重な馬車が。

「ユミエ――!!」

「リフィネ!? どうしてここに……」

グランベル家の屋敷の前に停《と》まった馬車から飛び出して来たのは、俺もよく知るこの国の第二王女……から、晴れて〝王妹〟となったリフィネ・ディア・オルトリアだった。

訓練上がりなのか、王族がするには少しばかりシンプル過ぎる装いのリフィネは、勢いよく俺の前までやって来て……一度停止してから、そっと俺に抱き着く。

「どうしてって、見送りに来たに決まっているではないか。ユミエが王都から離れてしまえば、こうして会いに来るのも難しくなってしまうからな」

「いえ、だとしても、今は王城の外に出られないって……」

俺だけならまだしも、リフィネだってつい一ヶ月前に誘拐され、暗殺されかけてたんだ。当分は自由に外を出歩けそうにないって、手紙でも書いてあったのに。

「それは、僕が許可したんだよ」

「シグート……あ、陛下」

そんな俺の疑問に答えるように、馬車からシグートが降りて来た。

新しく王となった美男子の登場に、周囲へ集まって来た貴族令嬢達が黄色い声を上げている。

その声を聞いて、流石にここで名前呼びはまずいかと言い直すんだけど……俺のところまでやって来たシグートは、そんな俺に顔を寄せ、ふっと微笑む。

「そんな余所余所《よそよそ》しい呼び方はしなくていいよ。これまで通りで」

「流石にそれはまずいんじゃないですか？」

いくら俺でも、国王を呼び捨てにするほど礼儀知らずではない。

「いいんだよ、すぐに呼んでも構わない立場にしてあげるから」

「へ？　それってどういう……」

意味ですか、と問おうとして。それより早く、シグートの肩をガッシリとお兄様が掴んだ。

「シグートぉ……お前、しばらく見ない間に随分と大胆になったな……？」

「やあニール。それとも、お義兄様《にい》、とでも呼んだ方がいいかな？」

「やめろ、それだけは絶対にやめろ。いや、俺の呼び方よりもユミエのことだ!!　呼び捨てにしてもいい立場ってどういう意味だ!?」

「君の想像通りの立場だ、って言ったらどうする？」

「よーしいい度胸だ表に出ろ、ユミエは絶対に渡さないからな!!」

ぎゃいぎゃいと、お兄様とシグートが騒ぎ出す。

あまりにも突然のことで、全く話についていけないと思っていると、二人のことは放っておおけと言わんばかりにリフィネに話しかけられた。

「ユミエ、グランベル領に戻っても、ちゃんと手紙を書いて欲しいのだ。わらわもたくさん手紙を書くからな」

「はい、たくさん文通しましょうね。元気になったらまた勝負するっていう約束、忘れてませんから」

「ああ、楽しみにしているからな。絶対だぞ」

最後にもう一度ハグをして、リフィネが離れていく。

未《いま》だに口喧嘩《くちげんか》を続けているお兄様に、そろそろ行きますよと声をかけて……そんな騒々しいやり取りについていけず、ポカンと口を開けたまま固まっているセオと目が合った。

「行きましょう、セオ」

「あ……えっと……」

手を差し伸べると、セオは戸惑うように視線を彷徨わせる。

そんなセオの手を、俺は少し強引に掴み取り、笑いかけた。

「最初はびっくりしちゃうかもしれませんけど、すぐに慣れますよ。私達、これから家族になるんですから」

「家族……」

「はい。血の繋がりがなくても、グランベル家で一緒に過ごす人は、みんな私の家族です。

たとえ一時的に預かる子でも同じですよ。ね、リサ」

「お嬢様にそう思って頂けているのでしたら、私としても光栄です」

少し困ったように、けれど確かに嬉《うれ》しそうにリサは微笑む。

そんな私達を見て、セオは逆に顔を俯《うつむ》かせる。

「……いいのかな……私なんかに、家族なんて……」

「いいんですよ。家族がいたらダメな人なんていません」

「私、ユミエみたいに笑えないし……化け物で、人殺しで……」

「それを乗り越えるために、私達がいるんですよ」

俯くセオの顔を上げさせて、真《ま》っ直《す》ぐにその瞳を覗《のぞ》き込《こ》み……もう一度、笑いかける。

セオが笑えないというのなら、笑い方を思い出すまで、俺が何度でも笑いかけてあげよう。

犯した罪の重みに押し潰されそうなら、一人で立ち上がれるようになるまで一緒に寄り添ってあげる。

だって……。

「それが、家族になるってことですから」

「…………」

そう伝えると、セオは静かに涙を流す。

その涙に込められた意味を、俺はまだ知らない。それを察するには、俺はまだセオのことを何も知らないから。

だから、これから少しずつでも知っていきたい。セオの心に付けられた傷が、少しでも癒えるように。

俺がずっと……このグランベル家で、みんなにそうして貰《もら》ったように。

「さあ、行きましょう！　リサ、お願いします！」

「承知しました、お嬢様」

リサに車椅子を押され、手はしっかりとセオの手を握ったまま、馬車へと乗り込む。

お兄様も慌てて飛び乗り、王都を出発した俺達のことを、シグートとリフィネの二人はいつまでも手を振って見送ってくれていた。

こうして俺達は、グランベル領に向かってゆっくりと帰っていく。

大切な家族が待つ、俺達の家に。新しい、家族と一緒に。

あとがき

皆様半年ぶりのジャジャ丸《まる》です。この度は『転生した俺が可愛いすぎるので、愛されキャラを目指してがんばります』第二巻を手に取って頂きありがとうございます。

一巻も大概書き直し部分が多かったのですが、二巻は本当に一から全て書き下ろしました。

Webからの書籍化となると、あまり変わっていないのではないかというイメージを持たれがちですが、最近は結構ガッツリ改稿するという話をよく耳にしますね。私の周りだけかもしれませんが。

私自身、「せっかく書籍化するんだから思い切り改稿して完成度を上げたい！」と思うタイプの作者なので、むしろ改稿はいらないと言われてしまうと寂しいです（笑）。そんなわけで、編集さんと私の意見の一致をみまして、大幅に書き換えたのが今巻になりますが、如何《いかが》でしたでしょうか？

周囲の人間を次々とたらしこむユミエの可愛さにやられる、問題児の王女様とそのお世話係達。

幼い王女の願いに応え、二派に別れて争う王国貴族達をその魅力によって繋《つな》ぎ合わせ、一つとする。

しかし、そんなユミエ達の純粋な願いは、とある目的で二派の対立を煽《あお》っていた

Afterword

〝彼〟にとっては邪魔でしかなく、ついにユミエは暗殺の危機に――という内容なのですが、実はWebで執筆していた時点ではこの辺り、かなりライブ感で乗り切って書き上げていたので、黒幕云々《うんぬん》以前に暗殺のピンチ自体が作者にとっても驚きの展開でした。

というのもこちらの作品、カクヨムコン応募作品として書いていたのですが、連載開始当初ほとんど人気がなかったので、応募条件となっている十万字分の執筆を終えたら、そのまま完結しようと思っていたのですよね。

ところが、いざ切りのいいところまで書いてみれば、十万字にはまだ足りない。そこで仕方なく、第二章という形で急遽《きゅうきょ》仕上げたのが今巻の内容にあたる部分だったため、本当に構想ゼロのライブ執筆だったのです。

ですがここで、奇跡が起きました。勢いによって始まった第二章が好評で、一気にPVが伸び始めたのです。

これはもうやるっきゃねえと、そのまま当初の予定を大幅に超越した長期連載となり、こうして書籍となって皆さんにお届け出来ているわけですから、やはり世の中どこで何が起こるか分かりませんね。

そんな、私にとっても飛躍の切っ掛けとなった第二章を、ライブ感故の荒さを整えつつもテンポ感を損なわないよう苦心して書き上げましたので、楽しんで頂けたのなら幸いです。

さて……どうしましょう、書くことがなくなりました。

今回はあとがき用のページ数が前回の二倍となっておりまして、「えっ、そんなに書くの？　どうしよう……」と思いながら現在こちらのあとがきを書いています。

読者の中には……というより、職場の知り合いにすら「本はあとがきから読む」という人がいますので、あまりネタバレしすぎるのもどうかと思う一方で、本と関係ない話をしすぎるのもそれはそれでどうなんだという気もしてしまうのですよね。

なので他の書籍はどうなっているだろうと、家の本棚を漁《あさ》ってラノベを手に取ること数時間。気付けばすっかり読《よ》み耽《ふけ》り、目の前には白紙のあとがきページが。あれ、おかしいな、何も仕事が進んでいないぞ……。

作家あるあるなのですが、執筆のために資料として何らかの本を読むと、それを読むのに夢中になって本来の目的を忘れるのですよね。これが活字中毒の悲しき性《さが》、治ることなき職業病です。

とはいえ、作家は文字を書くのに忙しくて、文字を読む時間がなかなか取れないという面も間違いなくあるんですよね……だからこそ、資料集めのためだと理由がついた瞬間、時間を忘れて読み耽ってしまうのです。シカタナイネ。

というわけで（？）ここはキャラ語りでも少し挟もうかと思います。

私の最推しはもちろんユミエですが、今巻で注目なのが第一巻で密《ひそ》かに暗躍をしていた謎の少女です。

ちょっと暴力を振るわれ不憫《ふびん》な様子を見せていた彼女、今回もしっかり関わってきますしとても不憫な役回りとなっております。

いやあ、ユミエのように常に明るく前向きな子もいいですが、逆に影のある暗い女の

Afterword

子というのもいいですよね。守ってあげたくなるし笑って欲しくなる。ましてそんな子が他者を寄せ付けない実力者だったりしたらもう最高ですね、誰よりも強い体と誰よりも影に怯《おび》える弱い心が同居している薄幸少女、ギャップの海に溺れてしまう。

だからこそ敢《あ》えてユミエと対立するような形で登場させたので、ユミエにはそのままあの子の心の扉をこじ開けて無二の友達となってもらいたいものです。Ｗｅｂで読んでいる人はその流れもご存じでしょうが、書籍版も同じような未来が待っていることを作者として祈ってあげたい。

　というわけで、何とか文字数も十分稼ぐことが出来たので（おい）ここからは謝辞に移りたいと思います。

　今回も素敵なイラストをたくさん描いてくださったにわ田さん、ありがとうございます。三人娘のドレスはもちろん、死線の最中《さなか》にあるユミエのシリアスシーンまでしっかり描いてくださって感謝感激です。

　担当のＹ様、今回もたくさんアドバイス頂いてありがとうございます。お陰で二巻も最高の一冊に仕上げることが出来ました。

　また新担当のＯ様も、短い期間ではありましたが大変お世話になりました。

　そして最後に、この本を手に取ってくださった読者の皆様、この作品を世に送り出すことが出来たのは皆様の存在あってこそです。本当にありがとうございました。

　それでは、またいつかこうしてお会い出来る日が来ますように。さらば！

転生した俺が可愛いすぎるので、
愛されキャラを目指してがんばります 2

2024年7月30日　初版発行

著	ジャジャ丸
画	にわ田
発行者	山下直久
編集長	藤田明子
担当	山口真孝／岡本真一
装丁	AFTERGLOW
編集	ホビー書籍編集部
発行	株式会社KADOKAWA
	〒102-8177 東京都千代田区富士見2-13-3
	電話 0570-002-301（ナビダイヤル）
印刷・製本	TOPPANクロレ株式会社

●お問い合わせ
https://www.kadokawa.co.jp/（「お問い合わせ」へお進みください）※内容によっては、お答えできない場合があります。※サポートは日本国内のみとさせていただきます。※Japanese text only

　ISBN 978-4-04-738011-0　C0093

本書は、2023年にカクヨムで実施された「第8回カクヨムWeb小説コンテスト」で特別賞を受賞した「せっかく女の子に転生したんだから、俺なりに「可愛い」の頂点を極めてみようと思う」を加筆修正したものです。